[瑞典] 斯文·林德奎斯特 —— 著 徐昕 —— 译

Sven Lindqvist

Utrota
Varenda
Jävel

上海译文出版社

献给奥洛夫·拉格克兰斯

他与《黑暗之心》同行

献给艾蒂安·格拉泽

《希特勒的童年》中阿道夫的扮演者

目 录

前　言　　　　　　　　　　1

第一部分　　　　　　　　　1

　　去因萨拉赫　　　　　　3

　　文明的前哨　　　　　　19

　　去卡萨尔·马拉布廷　　51

第二部分　　　　　　　　　61

　　武器之神　　　　　　　63

　　去塔曼拉塞特　　　　　114

　　朋友们　　　　　　　　123

第三部分　　　　　　　　　149

　　去阿尔利特　　　　　　151

　　居维叶的发现　　　　　165

　　去阿加德兹　　　　　　183

第四部分　207

种族主义的诞生　209

生存空间，死亡空间　240

去津德尔　271

前　言

　　这是一个故事，不是一个历史研究成果。这是一个男人乘坐大巴穿越撒哈拉沙漠，与此同时在电脑上回顾人类灭绝思想的历史的故事。在一座座尘土飞扬的沙漠小旅馆里，他的研究一步步接近约瑟夫·康拉德在《黑暗之心》中的一句话："消灭所有野蛮人。"

　　在《白人在非洲的文明任务》这份报告的结尾，库尔茨为什么会说出那样的话？这些话对康拉德和他那一代人有什么意义？康拉德为什么要把它挑出来，作为那些欧洲对其他各洲人民之责任的高谈阔论的总结？

　　一九四九年，十七岁的我第一次读到《黑暗之心》时，我觉得我已经找到了这些问题的答案。在死亡之林"疾病和饥饿的黑色阴影"背后，我仿佛看到了德国死亡集中营里那些虚弱的幸存者，当时他们才刚刚得到解放没几年。我把康拉德看作一位预言家,他预见了那些即将发生的恐怖。

汉娜·阿伦特看得更为清楚。她看到康拉德在写他那个时代的种族灭绝。在阿伦特的第一本书《极权主义的起源》(一九五一年)中,她让我们看到帝国主义如何使种族主义必须作为其行为的唯一可能的借口。"很多因素就在每个人的眼皮底下,一旦聚在一起,就能在种族主义的基础上建立起一个极权主义政府。"

她关于纳粹主义的论述被人们铭记。然而很多人忘了,她同样认为,欧洲帝国主义者的"可怕屠杀"和"疯狂谋杀""成功地将这种扫荡手段变成正常的、值得尊重的外交政策",从而滋生了极权主义及其种族灭绝政策。

在《历史语境下的大屠杀》(一九九四年)第一卷中,史蒂文·卡茨开启了一场对大屠杀现象学独特性的论证。在七百页的著述中,他以不屑的语气论及那些强调相似性的人。但有时他会宽容一些,表示:"他们的方法可以被称为一种相似性范式(不带贬义的);我的则相反,是一种独特性范式。"

在我看来,这两种范式同等有效且互补。我的沙漠旅行者运用了一种相似性范式，发现欧洲对四个大洲"低等种族"的毁灭，为希特勒在欧洲毁灭六百万犹太人的行为奠定了基础。

当然，每一次种族灭绝都有其独特之处。然而，两个事件不需要完全相同，才可以使其中一个对另一个产生促进作用。欧洲世界的扩张，伴随着对灭绝的无耻辩护，创造了思维定式和政治先例，为新的暴行开辟道路，最后终结于所有暴行中最可怕的暴行——大屠杀。

第一部分

去因萨拉赫

1

你知道的已经够多了。我也是。我们缺乏的不是知识。我们缺乏的是认识到我们知道什么并且得出结论的勇气。

2

塔德马伊特——沙漠中的沙漠——是撒哈拉沙漠中最接近死亡的地区。一丁点儿植物的痕迹都没有。所有的生命都熄灭了。地面上只有热气从石头里挤出来的黑色的、闪闪发亮的沙漠沥青。

夜班大巴——埃尔果累阿与因萨拉赫之间唯一通行的——运气好的话要开上七个小时。座位要跟十几个穿着粗糙的行军靴的士兵去抢,这些士兵在阿尔及利亚位于西迪贝勒阿巴斯的近战学校掌握了他们的排队技术。很明显,这对任何一个一边腋下夹着一台旧式电脑——里面存储着欧洲思想的核心——的人来说算不上有利。在去往提米蒙的岔路上，有从墙孔供应的热土豆汤和面包。然后破碎的沥青路就到了尽头，大巴继续在无路的沙漠里穿行。

这纯粹是牛仔竞技。大巴表现得就像一匹年轻的野马。带着格格作响的车窗和尖叫的弹簧，它摇晃、俯冲、跳跃着前行，每一下撞击都传递到我放在膝盖上的硬盘上，传递到那连结着椎体的摇摇晃晃的椎间盘上。当我再也坐不住的时候，我会紧紧抓住车顶的行李架，或者蹲下来。

这正是我所害怕的。这正是我所渴望的。

月光下的夜色很美妙。白色沙漠就这样一个小时一个小时地从窗外流过：石块和沙子、石块和碎石、碎石和沙子——所有这一切都像白雪般闪亮。一个小时一个小时地流过。什么都没有发生。直到信号灯突然在黑暗中亮起，意味着一位乘客想让大巴停下来，他要下车，然后开始步行，径直走进沙漠。

他的脚步声消失在沙子中。他人不见了。我们也消失在这白色的黑暗中。

3

欧洲思想的核心？是的，有一个句子，一个很短很简单的句子，仅仅几个字，总结了我们这片大陆、我们这些人类、我们的生物圈从全新世到大屠杀的历史。

它没有提及欧洲是地球上人文主义、民主和福利的发源地。它没有提及我们理所当然引以为豪的一切。它只说出了我们宁愿忘却的真相。

这个句子我已经研究了有些年头。我收集了大量我从来没有时间浏览的资料。我想消失在这片沙漠的某个地方，在那里没有人能够找到我，在那里我拥有全世界所有的时间。我想消失，直到我弄明白自己已经知道的是什么时再回来。

4

我在因萨拉赫下车。

月光不见了。大巴带着它的车灯开走了，在我的四周，黑暗是那么浓密。

正是在因萨拉赫城外，苏格兰探险家亚历山大·戈登·莱恩遭到袭击和抢劫。他的头顶被砍了五刀，左边太阳穴被砍了三刀。其中砍在左侧颧骨上的那一刀砍碎了下颌，把左耳砍成了两半。后颈部一道可怕的划伤伤到了气管，屁股上中的一颗子弹擦伤了尾椎。右臂和右手被砍了三刀，手指断了三根，手腕上的骨头碎了，等等。

远处黑暗中隐约可见一堆篝火。我拖着沉重的文字处理器和更加沉重的旅行箱，往亮光的方向走了过去。红色的沙丘，被风席卷的沙子横亘在路上。斜坡上，松散的沙子聚集成堆。我走十步休息一下，然后再走十步。亮光却没有变得更近。

莱恩遇袭是在一八二五年的一月。但恐惧是永恒的。生活在十七世纪的托马斯·霍布斯也跟我一样，害怕孤独，害怕夜晚，害怕死亡。"有些人是如此残暴，"他跟他的朋友奥布里说，"你杀死一只鸟取乐，而他们更享受杀死一个人的乐趣。"

那堆篝火似乎还是那么遥远。我是不是应该扔下电脑和旅行箱，这样才能走得轻松些？不，我坐在沙子里，等待黎明到来。

在地上坐下后，我突然遇到了一阵风，风带来了燃烧的木头的香味。

人们会觉得沙漠里的气味特别强烈，是因为它们非常少见吗？是因为沙漠里的木头更浓缩，所以燃烧起来香味更浓？可以肯定的是，眼睛看起来那么遥远的篝火，突然之间变得离我的鼻子那么近。

我站起来，继续前行。

当我终于来到蹲在篝火旁的那群人面前时，我有一种强烈的胜利感。

打招呼，问问题，得知我完全走反了。只能往回走，他们说。

我沿着自己的足迹回到此前下车的车站。然后在同样的黑暗中继续南行。

5

"恐惧会永远留下来，"康拉德说，"一个人可以毁灭心中的一切，爱与恨、信仰，甚至怀疑，但只要他坚信生命，他就无法毁灭自己的恐惧。"

霍布斯应该会同意他的话。他们越过几个世纪，互相握了握手。

我如此害怕旅行，可我为什么要去那么多地方旅行？阿图尔·林德奎斯特①也一样害怕旅行，他又为什么要旅行？

也许，我们在恐惧中寻找一种放大的生命感，一种更为强烈的存在的形式？我怕故我在。我越怕故我越在？

6

因萨拉赫只有一个旅馆，又大又贵的提迪凯勒特国营旅馆。当我终于找到那里的时候，他们能提供的只有一个又暗又冷的小房间，它的加热装置已经坏了很久。

撒哈拉沙漠里的一切如常：浓烈的消毒剂的气味，门没有上

---

① Artur Lindkvist（1906—1991），瑞典诗人、短篇小说家、文学批评家。

油的合页的尖叫声，半损毁的百叶窗。我认得这里的一切：第四条腿短一截的摇摇晃晃的桌子，桌面上、枕头上、洗脸池上覆盖的一层沙子。我认得这水龙头：拧到最大，开始慢慢滴出水来，滴了半洗漱杯后，伴随着一声疲惫的叹息，终于放弃。我认得这军用硬床：没有脚，一半的床上用品都掖在床下，使得毯子只够盖到肚脐的位置——一切都是为了尽可能让床单保持没有被动过的样子。

好吧，我们也许必须旅行，但为什么偏偏要来这里？

7

重重的棍棒击打的声音。它们落向了喉头，仿佛蛋壳破碎的声音。然后是被打者绝望地试图呼吸时发出的咯咯声。

直到上午我才终于醒来，身上仍然穿着外衣。床上染了一层我从大巴上带来的红色沙子。每一下击打仍然会敲碎一个喉头。最后一下敲碎的将是我的。

8

这座旅馆位处流沙之中,孤独地坐落在一条穿过荒凉的原野的荒凉的公路边上。我费力地走进很深的沙子中。太阳之锤不屈不挠地砸着。阳光跟黑暗一样让人失明。风像薄冰一样割在脸上噼啪作响。

去邮局要花半个小时,邮局离银行和市场的距离也一样远。老城缩成一团,让太阳和沙尘暴无法靠近。新城却铺展得很稀松,采用现代的城市规划,尽可能最大限度地利用撒哈拉沙漠的荒凉。

市中心建筑红褐色的黏土外墙因为白色的立柱和大门、白色的柱尖和墙头而显得生机勃勃。这种风格叫作"苏丹风",意为"黑色的",取自"Bled es sudan",意为"黑人的国度"。事实上,它是一种假想风格,是法国人为了一九〇〇年巴黎世界博览会而创造出来的,随后被移植到了撒哈拉这里。现代的新城则完全是国际风格,到处是混凝土的灰色。

风从东方吹来。我回到旅馆时，脸上仍感刺痛。旅馆被卡车司机和外国人占据，大多是德国人，大家不是"上行"就是"下行"，就好像在楼梯上一样。每个人都互相询问着路况、汽油、装备，每个人都满心希望能够尽快继续前行。

我把地图贴到墙上查看距离。距离西边最近的绿洲拉甘有一百七十英里的沙漠公路；距离北边最近的绿洲埃尔果累阿——我就是从那里来的——有二百四十英里的沙漠公路，距离东边最近的绿洲布尔吉·奥马尔·德里斯有二百五十英里的直线路程，距离南边最近的绿洲塔曼拉塞特有四百英里的沙漠公路，距离最近的大海地中海有六百英里的直线路程，距离最近的河流尼日尔河有八百英里的直线路程，距离西边的海有九百英里。往东的话，海洋离得太远了，没有任何意义。

每一次看着围绕我的这些距离，每一次意识到自己人在这里——沙漠的北极，我都会感到一种喜悦贯穿全身。正因如此，我留在了这里。

9

如果我能让这台机器运转就好了！问题是它是否能经受住颠簸和沙尘的考验。那些软盘比明信片还小。我有差不多一百张软盘，密封包装的，相当于一整座图书馆，加在一起还没有一本书重。

我可以随时走进任何一处历史现场，从古生物学建立之初——那时托马斯·杰斐逊仍然认为，单一物种会从大自然的生态中消失是一件不可思议的事，到如今认识到百分之九十九点九九的物种已经灭绝，绝大多数物种正处在几乎消灭了所有生命的大规模的灭绝之中。

这张软盘重五克，我把它放入软盘驱动器，打开电源。屏幕亮了起来，那句我研究了很久的话在房间的黑暗中照亮了我。

"欧洲"一词来自闪米特语，意思是"黑暗"。屏幕上亮着的这个句子是真正来自欧洲的。有一个酝酿已久的想法，但直到世纪之交它才终于被一位波兰作家用言语表达了出来。这位波兰作家通常用法语思考，但用英语写作。他叫约瑟夫·康拉德。

《黑暗之心》的主人公库尔茨，在一篇探讨白人在非洲野蛮人中的文明任务的论文结尾，以一句附言总结了他那些夸夸其谈所蕴含的实质。现在屏幕上朝我闪烁的正是他那句话："消灭所有野蛮人。"

10

拉丁语"灭绝"（extermino）的意思是"越过边界"，"边界"（terminus）有"流放、去除"之意。因此英语"灭绝"（exterminate）的意思是"越过边界去往死亡，从生命中去除"。

瑞典语中没有直接对应的词。我们得说"根除"，虽然它其实是另外一个词，在英语中叫"extirpate"，来自拉丁语的"stirps"，意为"根、部落、家族"。

在英语和瑞典语中，该动词都已经体现出，其动作的实施对象很少是一个单独的个体，而通常是整个群体，比如偃麦草、老鼠，或者民族。

后面的"所有野蛮人"（all the brutes）在古瑞典语中译为"所有怪物"。"brutes"当然可以指怪物，但是它主要指动物，强调的是动物身上的兽性。非洲人曾被叫作野兽——自从第一次跟他们接触以来，欧洲人便形容他们为"粗鲁野蛮""喜欢凶残的野兽""比他们猎杀的野兽更凶残"。

新的翻译认为"brute"也是一个骂人的话，译成"群氓"。这是一种较为温和的释义。我愿意保留原始句子中那种粗暴的力量，把它译成"消灭所有野蛮人"。

11

几年前，我以为自己在自由主义哲学家赫伯特·斯宾塞那里找到了康拉德"消灭所有野蛮人"这句话的来源。

他在《社会静力学》（一八五〇年）中表示，帝国主义通过把低等种族清除出地球的方式来为文明服务。"致力实现完美的幸福的那些力量，不会考虑附带的痛苦，而是会根除（灭绝）人类中阻碍它们的部分……无论是人还是野兽，阻碍都必须清除。"

这里既有库尔茨对文明的修饰，也有"灭绝"和"野兽"两个关键词。人类被进一步明确地等同于动物，成为灭绝的对象。

我以为自己在学术上有了一点巧妙的发现，值得有朝一日被用作文学史的一个脚注。斯宾塞的大屠杀幻想"解释"了库尔茨的这句话。我猜测，那些幻想属于个人怪癖。也许可以用他的所有兄弟姐妹在他还是孩子时全都死了这一事实来解释。这样的结论给人平静，让人欣慰。

12

如果我在那里结束，认为自己知道得已经足够多了，那我就错了。不过我还是继续做着研究。

但我很快发现，并非只是斯宾塞一个人持有这样的观点。它很普遍，而且在十九世纪后半叶越来越普遍，以至于德国哲学家爱德华·冯·哈特曼可以在他的《无意识哲学》（康拉德读的是一八八四年的英译本）第二卷中这样写道："当我们要把一条狗尾巴切掉时，一英寸一英寸慢慢地切对于狗来说没有任何好处。同样地，当野蛮人面临灭绝时，用人为的方式去延长他们与死亡的斗争，也没有什么人道意义……"

哈特曼接着说，真正的行善者唯有期望加速野蛮人的灭绝，并且为这个目标而努力。

哈特曼在这里所阐释的观点，在他那个时代几乎是一种陈词滥调。他和斯宾塞都不是不人道的人。但是他们所在的欧洲是不人道的。

"消灭所有野蛮人"这句话与人文主义核心之间的距离，不比布痕瓦尔德①与魏玛的歌德故居之间的距离更远。然而，这种见解几乎完全被压制了，包括被德国人。他们被当作灭绝思想的唯一替罪羊，而事实上这种思想是欧洲的共同遗产。

13

跟着那些德国游客，我会时不时听到一些正在德国进行的关

---

① Buchenwald，纳粹在图林根州魏玛附近建立的集中营，是德国最大的集中营。

于"现实之过去"论战留下的回响。这种所谓"历史争议"涉及的问题是：纳粹的犹太人大屠杀是不是"独有的"，是不是独一无二的？

恩斯特·诺尔特①在一篇论文中把"第三帝国所谓灭绝犹太人"称为"一种反应，或是一种扭曲的复制，并非一种原创行为"。诺尔特认为，其原始版本是二十世纪二三十年代东欧国家的"肃清"政策。希特勒复制的是它们。

哈贝马斯对此做出回应，论战由此开始。

"肃清"政策引起灭绝犹太人这一观点似乎有夸大之嫌，很多人强调，所有历史事件都是"独有的"，是独一无二的，而不是互为复制品。尽管如此，仍然可以对它们进行比较。这样看来，在犹太人大屠杀与其他大屠杀之间，似乎既有相同点又有区别。从二十世纪初土耳其人对亚美尼亚人的大屠杀到波尔布特②的恶行，

---

① Ernst Nolte（1923—2016），德国历史学家、哲学家。
② Pol Pot（1925—1998），高棉政治领袖，其极权主义政治给柬埔寨人民造成严重苦难。

一系列类似事件被提及,大部分都被一笔带过。

然而,没有人谈到希特勒童年时代德国人在西南非对赫雷罗人的灭绝。没有人提到法国人、英国人或美国人相应的种族屠杀。没有人指出希特勒童年时代欧洲人的人类观的一个要素就是坚信"低等种族"本质上注定要灭绝,而"高等种族"真正的慈悲在于助他们一臂之力。

参与这场辩论的所有德国历史学家似乎都看向了同一个方向。没有人往西看。但是希特勒往西看了。当他在东方寻找"生存空间"的时候,他想要建造的是一个与英帝国对应的大陆帝国。他正是在英国人和其他西欧人那里找到了榜样,灭绝犹太人就是对这些榜样的一个"扭曲的复制"。

文明的前哨

"消灭所有黑人。"

14

一八九七年六月二十二日,"生存空间"这个概念在德国诞生的同一年,英国的扩张政策达到了它的高潮。世界历史上最大的帝国以无与伦比的傲慢为自己庆祝。

所有被英国人征服的人民和领土的代表——地球上近四分之一的土地和它们的居民——聚集在伦敦庆祝维多利亚女王登基六十周年。

这个时期有一份名为《大都会》的杂志,它面向的是整个欧洲受过良好教育的人,上面刊载一些未经翻译的德语、法语和英语文章。

在有教养的欧洲读者面前,维多利亚被拿来跟大流士、亚历山大大帝和奥古斯都进行比较。这些古代君主没有一个表现出像维多利亚那样的扩张野心。

她的帝国面积增加了三百五十万平方英里，臣民增加了一点五亿。它已经赶上并超过了有着四亿人口的当时地球上人口最多的中华帝国。

上面接着说，其他欧洲大国也许没有充分理解英帝国的军事力量。英国比其他国家拥有更多的战斗本能和军事精神。就海军而言，英帝国不仅有优势，而且拥有绝对的海上霸权。

英国人没有让自己沉醉于成功之中，而是保持着一种谦卑的看法，认为能有这样的结果——也许史无前例——概因无所不能的上帝的恩典与眷顾。

当然，也因为女王本人。她性格中的道德力量也许无法用科学的精确性来衡量，但是很显然，其影响力是巨大的。

"今天的庆典，"一位评论者写道，"比以往庆祝过的任何胜利都更有意义：更多的民族活力，更多的贸易，更多荒地的开垦，更多对兽性的压制，更多的和平，更多的自由。这并非夸大其词，这是朴素的统计数据……"

"英国似乎有意决心正视自己巨大的力量,正视自己在开拓殖民地方面的成功,正视自己不可或缺的团结,正视自己遍及全世界的领土,并且为之欢呼。"

"这欢呼声意味着:我们从来没有像现在这么强大过。让整个世界看到,未来我们也不打算变弱!"

这就是一八九七年的声音。《大都会》的德语和法语撰稿人也加入了唱赞歌的队伍。所有人都看向了同一个方向。因此庆祝专号开头的这个故事才产生了一种前所未有的震撼效果。

15

故事是关于两个欧洲人卡耶茨和卡利尔的,他们被自私自利的公司经理派去了大河①边上的一座小贸易站。

他们读到的是一份发黄的报纸,上面满是对"我们的殖民扩张"的溢美之词,且跟《大都会》的庆祝专号一样,将殖民地描

---

① 即密西西比河。

述成一种服务于文明的神圣事业。它赞美先驱者的品质,称他们为地球上"那些黑暗的地方"带去了光明、信仰和贸易。

一开始,这两位同伴自己是相信这些漂亮话的。但是渐渐地他们发现,这些话不过是"声音"而已。脱离了制造它们的社会,这些声音就丧失了内容。只有在街角站着警察、商店里有食物卖、舆论能看到你的时候,只有在这些时候,你的声音才会构成一种道德良知。良知是以社会为前提的。

没过多久,他们就为奴隶贸易和大屠杀做好了准备。当供给用完了的时候,他们为一块糖争执了起来。卡耶茨以为他的同伴在拿着枪追他,于是赶紧逃命。当他们突然撞到一起的时候,卡耶茨开枪自卫。他一开始没意识到——后来才发现,自己在惊恐之中杀死了一个手无寸铁的人。

可这有什么关系?"美德"和"罪行"这些概念只是说说而已。每天有成千上万的人死去,卡耶茨坐在同伴的尸体旁边这样想着,也许是数以十万计的人死去——谁知道呢?多一个少一个不会有什么大的意义,至少对一个有思想的人来说如此。

他——卡耶茨——是一个有思想的人。到目前为止，他跟其他人一样跑来跑去，相信了很多胡言乱语。现在他开始思考，第一次真正地思考。现在他知道了。现在他就自己所知道的得出了结论。

早晨来临的时候，一阵并非人发出的、颤抖的刺耳声音穿透了雾气。公司的蒸汽船——这两个人等了好几个月的蒸汽船——回来了！

了不起的文明公司的经理上了岸，发现卡耶茨吊死在他前任坟墓的十字架上。他挂在那里，仿佛在向什么致敬。即使死了，他仍然朝他的经理吐出了舌头。

16

不仅仅是朝向他的经理。卡耶茨伸出他那发黑的、肿胀的舌头，朝向了这个故事周围那些专栏里正在进行的整个周年庆典，朝向了在那里欢庆胜利的帝国的整个意识形态。

约瑟夫·康拉德的《文明的前哨》首次在《大都会》上发表

时，自然被理解成是对这场庆典的一种评价。不过小说其实是一年前——一八九六年七月——写的，写于康拉德在布列塔尼度蜜月期间，属于康拉德最早创作的短篇小说之一。

小说取材于他本人在刚果逗留期间的经历。当时他搭乘公司的蒸汽船沿刚果河溯流而上，看到了那些小型贸易站，听到了同乘旅客讲述的故事。他们中有一个人恰好就叫卡耶茨。

素材康拉德六年前就有了。可他为什么偏偏在现在这个时候把它写下来？刚果辩论直到又过了六年后的一九〇三年才真正开始。那么，是什么迫使康拉德在一八九六年的七月中断了蜜月旅行和正在写的长篇小说，转而去写一个关于刚果的故事呢？

17

我搬走了，眼下在正对市场入口的那个废弃的巴朱达旅馆租了一个便宜的房间，在本·哈希姆·穆莱的朋友的餐馆用餐。黄昏中，我坐在主路的树下喝着加奶的咖啡，看着路过的行人。

一百年前，因萨拉赫的市场是撒哈拉沙漠中最活跃的交汇点。

南方来的奴隶被换成北方来的谷物、枣子和工业品。奴隶们甚至不需要被关起来——从因萨拉赫逃跑意味着一定会死在沙漠中，少数仍然试图逃跑的奴隶很容易被抓到并遭到惩罚。人们敲碎他们的睾丸，挑断他们的跟腱，把他们扔在那里。

在这个一度非常有名的市场上，如今卖着一些蔫头耷脑的进口蔬菜，它们到达这里的时候就已经蔫儿了。劣质的纺织品带着各种愤怒的、有毒的颜色互相冲撞着。这里卖的文学读物的一大特色是，经典大师作品只有下册，比如《堂吉诃德》和斯塔尔夫人①关于德国的书。上册被送去了别的绿洲，也许是出于再分配政策的原因，毕竟允许一个绿洲同时拥有一部抢手作品的上下册是不公平的。

市场上能提供的唯一真正有意思的东西是木头化石，几百万年前巨大的树木死去后被沙子掩埋的残留物。二氧化硅将木头变成石头，当沙子继续移动的时候，它们裸露出来，然后来到市

---

① Madame de Staël（1766—1817），法国浪漫主义作家、文学批评家。

场上。

捡超过拳头大小的木头化石是被禁止的。不过就算是拳头大小，对于撒哈拉曾经郁郁葱葱的森林来说也绰绰有余。我的这块化石摆在桌上，让人误以为是活生生的木头，承载了被雨水打湿的树叶的气味，以及茂密的树冠发出的沙沙声。

18

父亲下班回到家——那时候我还很小，他会先去奶奶的房间跟她打招呼。

母亲不喜欢这样。每一次她都觉得自己受到了背叛。

母亲与儿子之间的爱难道不是比丈夫与妻子之间的爱更为强烈和真实吗？父亲是奶奶亲爱的儿子，是她丈夫死时她怀着的儿子，是她作为单亲母亲生下的儿子。而我的父亲，他从来没见过自己的父亲，在她那里获得了所有的爱。

这些母亲是知道的。我也知道。我自己最喜欢奶奶。在她作为老人的无力感中，我也认出了我自己作为孩子的无力感。

奶奶身上有着奶奶的气味。她的房间和她的身上发出一种强烈的酸甜气息。母亲讨厌这种气味，尤其是在餐桌上。这一点奶奶知道。她在餐厅里吃饭。

母亲时不时地会对奶奶的房间发动一次入侵，试图亲手清除那气味的来源。这样的尝试注定是失败的，因为那气味来自奶奶本身。可是每一次母亲都把"奶奶收集的一大堆垃圾"清除出去，把它们扔掉，好去除那气味。

在这件事情上父亲无法保护奶奶。她身上有气味是事实。他无法否认这种气味，也无法否认这气味意味着脏东西，而脏东西就应该被扔掉。这个逻辑无可辩驳。当奶奶哭着请求父亲行行好的时候，父亲只能延缓母亲的行动。剩下的就成了我的任务。

奶奶是家里的裁缝，在床底下的一个包裹里藏了满满一图书馆的碎布和多余的布块，她管它们叫"布头"。在我很小的时候，我很喜欢玩那些可以激发想象力的破布。我用父亲条纹睡衣剩下的一块布做了一个男人，用母亲粉红色丝绸衬衫剩下的一块布做了一个女人。是奶奶帮我的，我们一起既做了动物也做了人。

所以我非常理解当那些"垃圾"要被扔掉时，奶奶有多么绝望。母亲保持干净的努力对我来说是无情的侵犯，我自己同样也是受害者。所以我在垃圾桶里寻找奶奶的东西，把它们藏到我自己的东西里面，直到危险过去。

就这样，我也拯救了那本发黄的旧书——《棕榈树荫下》。

19

在我童年的家里，书摆放得整整齐齐。简装书摆在书架的最左边，精装书在中间，法式装帧书在最右边。

这样摆放是考虑到陌生人来访的情况。陌生人指的是所有不属于我们家的人。一个站在门口的陌生人只能看到书架的一小部分，那样就会以为所有的书都是带有烫金书脊的法式装帧书。如果这个陌生人走进屋里，会以为所有的书至少是精装的。只有当陌生人一直走到枝形吊灯那里，他们才能看到最左边的那些简装书。

在那些法式装帧书里，有一本叫《刚果三年》（一八八七年）

的书。书里三名瑞典军官讲述了他们为利奥波德国王[①]效力的经历。

一位有经验的非洲旅行家曾向帕格尔斯中尉建议，拿"chikoten"——河马皮做的鞭子——给最好的朋友，用它每抽打一下，都会划出带血的"卢恩文字"[②]。

对于欧洲人来说，这听起来可能很残忍，但凭着经验他知道这是真的。在进行鞭打的时候表现得冷酷无情，这一点尤其重要。"如果你必须实施野蛮的体罚，那么在实施体罚的时候，不要让你脸部的任何一块肌肉泄露你的感受。"

格莱鲁普中尉在他的报告中讲述了他如何鞭打那些搬运工，直到自己因为发烧而倒下。他讲到那些刚刚遭受鞭打的人如何温柔地照顾他，把白色的布盖到他的身上，把他当成小孩一样照顾。他的头靠在一个搬运工的膝盖上，另一个人跑去陡峭的山谷里为

[①] King Leopold（1835—1909），比利时国王，1865年至1909年在位，创建了刚果自由邦，并强征当地人为他劳动。
[②] Runes，斯堪的纳维亚半岛古文字，现已灭绝。

他取水，好让他能够重新站起来，重新挥舞鞭子。

但这说的只是个别黑人。至于"野蛮人整体"，则截然相反。

帕格尔斯徒劳地试图从他们身上发现好的一面。"如果我快死了，一杯水足以救我的命，那么任何一个野蛮人也不会把水给我，除非我付钱给他，他才会这么做。"

道德、爱情、友谊——帕格尔斯说，所有这些在野蛮人身上都是缺失的。除了蛮力，他们不尊重其他任何东西。他们视友善为愚蠢。因此我们不应该向野蛮人展示任何友谊。

如果伟大的文明使命要以胜利加冕的话，那么年轻的刚果政府有艰巨的任务要面对，帕格尔斯说。他乞求上帝赐福这位尊贵无私的人类朋友，这位引领了这些努力的刚果统治者——利奥波德二世陛下。

三名军官的报告于一八八六年九月三十日在格兰德大酒店宴会厅，当着哥特兰、西约特兰和纳尔克的国王陛下、王储殿下和公爵阁下们的面，被呈交给瑞典人类学和地理学学会。

没有人提出异议。相反，学会主席、教授冯·杜本男爵声明：

"让我们感到自豪的是，这三位到刚果旅行的先生，他们在这个对客人不太友好的国度，在痛苦、纷争和贫困之中，始终坚定不移地维护瑞典这个名字的声誉。"

这就是书架最外面那本法式装帧书里的真相。而在角落里的简装书之中，存在着另外一种真相，那上面有奶奶的气味。

20

瑞典的父母直到一九六六年还拥有鞭打自己孩子的法定权利。在很多欧洲国家，这项权利至今仍然有效。在法国，直到今天人们仍然可以买到一种特别的、用于惩罚妻子和孩子的皮鞭，法语叫"掸衣鞭"，英语叫"九尾鞭"。

在我父母家用的是桦条。在特殊情况下，我母亲会带着我去森林里砍柳条。那时她的脸就像帕格尔斯说的那样，没有一块肌肉泄露她的感受。

我躲避着所有的目光。我低头看着自己黑色的橡胶靴。我们走向老运动场，在那里，在森林的边缘，生长着柳树。母亲一根接一根地砍下柳条，在空中挥舞一下，试试它们的手感。然后她把柳条交给我。我一路捧着它们回家，心里只有一个想法：希望没有人看见我们！

这种耻辱就是最厉害的惩罚。

还有等待。

整整一天都是在等待中度过的，等待父亲回家。他到家时，什么都不知道。我是从他的脸上看出来的，他的脸跟平时完全一样。他正要去奶奶那里，这时母亲阻止了他，告诉他发生了什么可怕的事情。

我被命令到床上去。我躺在那里等待，他们在说话。我知道他们在说我什么。

然后他们进了屋。二人都冷着脸，表情空洞，带着敌意。母亲拿着柳条。父亲问我：那是不是真的？围着圣诞树跳舞的时候我是不是真的表现得那么恶劣？我是不是用了脏话？我是不是亵渎了上帝，滥用了他的名字？

"是的。"我喘着气说。

我在聚会上坐着，周围都是钦佩我的伙伴。我内心里看到了女孩们惊恐的喜悦，感觉到我的傲慢所散发出的炙热的光芒，我说着那些禁忌的话语——当父亲拿起一根柳条开始打我的时候，那些话语仍然在我的心里回响："该死的屎尿一样的上帝，该死的爱打小报告的坏逼……该死的，该死的，该死的……"

父亲不像母亲那样已经愤怒了一整天。他一开始很冷静，起初给我的印象是他极不情愿实施这种帕格尔斯所说的"体罚"。

他打的时候我看不见他的脸，他也看不见我的。但我从他呼吸的方式中听出他心里发生了一些变化，让他迈过了暴力的门槛。

我想象着他因为伤害了我而感到羞愧，这种羞愧发展成愤怒，使得他下手时比他自己预期的更重。但也许这是我对他行为的误读，那其实是我自己的羞愧。

当然，我只知道当人们实施暴力时他们是被一种愤怒控制了。暴力裹挟着他们，改变了他们，让他们——包括在那之后，当一切结束之后——变得叫人认不出来。

21

《棕榈树荫下》（一九〇七年）——就是我从大清洗中拯救出来的那本书——是传教士爱德华·威廉·舍布洛姆写的。他于一八九二年七月三十一日来到刚果。八月二十日，他看到了第一具尸体。

在这本日记中，我们看到他乘蒸汽船沿刚果河航行，去选择一个合适的地方当传教站。上船的第一天，他就见证了用帕格尔斯中尉热情推荐的河马皮鞭实施的鞭打。船上所有白人都有着同样的看法："只有鞭子才能教化黑人。"

在一个天主教传教区，他们关押了三百个政府与原住民战斗中被抓的男孩，准备将他们移交给政府，由政府培养成士兵。

蒸汽船停了下来，人们抓来其中一个男孩。他被绑在蒸汽机旁，那里是最烫的地方。舍布洛姆记录道：

> 船长时不时向这个男孩展示河马皮鞭，但让他等了

一整天，然后才让他品尝这皮鞭的滋味。

受罪的时刻终于来了。我试着去数鞭打的次数，觉得大约是六十下，此外他的头和背还被踢了很多脚。看到那单薄的衣服被血浸透，船长露出满意的笑容。男孩痛苦不堪地躺在甲板上，像一条蠕虫一样在那里扭动。每一回，当船长或某个贸易代表走过他身旁，他都会被踢上一两脚……我不得不默默地看着这一切。

晚餐桌上，他们聊起自己对待那些黑人的壮举。他们提到有一个同行，他在鞭打他的三个手下时下手太重了，结果导致他们死掉了。这被视为一种英勇之举。其中一个人说："就算是他们中的佼佼者也只配像猪一样死去。"

22

奶奶再也没有拿回那本书。我把它放在原来的地方，很隐秘地藏在了那些简装书所在的角落里。

23

如果帕格尔斯回到刚果，看到舍布洛姆这时看到的情景，他会做何反应呢？

爱·詹·格拉夫[①]的日记也许可以给出答案。这位格拉夫并不是什么善解人意的传教士，他从一开始就认同必须用"最严厉的方式"来对待那些原住民，"如果他们不愿意为国家利益服务"，那他们的村庄就必须被攻下。

"强迫他们工作不是一种罪行而是一种慈善行为……尽管采取的方法异常严厉，但是要对付那些原住民，劝说是不够的，必须用武力来管治他们。"

这是格拉夫的出发点。他是一位老刚果专家，最早为斯坦利[②]效力的人之一。可是当他于一八九五年一月重返刚果时，他

[①] E.J.Glave（1863—1895），英国旅行作家、记者，以多次在刚果自由邦探险闻名。

[②] Henry Morton Stanley（1841—1904），英裔美国记者、探险家，以发现刚果河闻名。

遇到了令他作呕的暴行。最终动摇他的忠诚的,是他跟舍布洛姆一样,目睹了类似的酷刑场面:

> 河马皮鞭,尤其是新鲜的鞭子,就像开瓶器一样扭曲,带着刀刃一样的边缘,是一种极为可怕的武器。没抽几下血就会流出来。如果罪行不是非常严重的话,我们不应该实施超过二十五下的鞭打。
>
> 即使我们告诉自己非洲人的皮很厚,仍然需要非凡的体质才承受得住一百下抽打所意味的可怕的惩罚。通常在被抽打二十五到三十下之后,受刑人就会失去知觉。抽第一下的时候他会发出可怕的叫喊,但随后就会安静下来,只剩下一具呻吟的、颤抖的身体,直到酷刑结束……
>
> 男人们遭受鞭打已经够可怕了,而当这种惩罚施加在女人和孩子身上时,结果就更惨了。十至十二岁的小男孩遇到脾气暴躁的主人,常常会遭到最残酷的虐

待……在卡松戈我见过两个被打得体无完肤的男孩……

凭良心讲，一个被抽了一百鞭子的人，通常就离死不远了，灵魂也永远无法得到修复。

24

对舍布洛姆来说，这是一个拐点，对于格拉夫来说也一样。在这段记录之后，他越来越走上了批评政府的道路。

一八九五年三月初，格拉夫来到舍布洛姆在那里当传教士的赤道贸易站。这座贸易站是格拉夫亲自参与建造的。

"过去人们对待那些原住民是很好的，"他写道，"可是现在远征队被派往各处，强迫他们制造橡胶提供给各个贸易站。政府实施这种可恶的政策来获得利润……成千上万的人被杀死，或是家园遭到毁灭。这在过去白人没有武装力量的时候是根本没有必要发生的。而如今强制贸易正在使这个国家的人口减少。"

像舍布洛姆一样，格拉夫与一船男孩同行，这些男孩是被抓来培养成士兵的：

十一点离开赤道贸易站,船上装了一百个年幼的奴隶,大部分是七八岁的男孩,还有少量女孩,都是从原住民那里偷来的。

他们管这个叫慈善和文明!我真不知道慈善和文明在哪里。

在这些被送去刚果河下游的奴隶——所谓被解放的人——之中,很多因衣物、睡眠和医疗救助匮乏而死去。这一百个孩子大多赤身裸体,没有任何衣物来抵御夜晚的寒冷。而他们的罪行在于,他们的父亲和兄弟争取了那么一点独立。

可是当格拉夫结束旅行,回到比利时人和自己同胞中间的时候,他受到了来自同伴的压力,纾解了他的批评。最终的评判变得很温和:"我们不应该对年轻的刚果政府做出过快或过重的评价。比利时人打开了这个国家的大门,引入了某种管理机制,在对待原住民方面打败了阿拉伯人。但是他们的贸易方式需要改变，这是毋庸置疑的。"

这跟《黑暗之心》中老板给库尔茨下的结论一样：他的贸易方式是不健康的，必须予以放弃。

25

通过传教士的工作，舍布洛姆比格拉夫更加近距离地接触到了那些原住民。他日复一日地记录着新的任意杀戮的事例。

一八九五年一月一日，他在传道时被人打断。一个士兵抓住一个老人，指控他没有收上来足够多的橡胶。舍布洛姆请士兵等祷告结束后再抓人。可是那个士兵只是把老人往旁边拖了两步，把步枪的枪口对准他的太阳穴，然后开了枪。舍布洛姆写道：

> 一个大约九岁的小男孩被士兵命令去砍下死者的右手。这只手将跟之前用同样方式砍下来的手一起，于次日作为文明胜利之标志呈交给专员。

> 哦，假如文明世界知道，成百上千，不，是成千上万的原住民被杀害，他们的村庄被摧毁，而那些幸存下来的不得不在最恶劣的奴役中苟延残喘……

26

一八八七年，苏格兰外科医生约·博·邓禄普想到一个主意，给他小儿子的儿童自行车装了一根充气橡胶管。自行车轮胎于一八八八年获得专利。在接下来的很多年里，对橡胶的需求成倍增长。这解释了舍布洛姆和格拉夫日记里所反映的刚果政府日益残暴的原因。

人类尊贵的朋友利奥波德二世于一八九一年九月二十九日颁布了一项法令，给予他在刚果的代理人橡胶和象牙交易的垄断权。与此同时，责令原住民承担交货与劳作的义务。这实际上意味着所有的交易都变得没有必要了。

利奥波德的代理人征用原住民的劳力、橡胶和象牙而无需支付任何费用。如果有谁拒绝，他们的村庄就会被烧掉，孩子会被杀害，手会被砍掉。

这些方法起初带来了大幅盈利。获得的利润被用于诸如建造一些丑陋的纪念碑，那些纪念碑至今仍在损坏着布鲁塞尔的形象：五十周年纪念拱廊、莱肯宫、阿登城堡。今天很少有人记得它们耗费了多少只被砍掉的手。

十九世纪八十年代中期，橡胶的黑暗秘密尚不为人知。格拉夫原本可以说出来的，可是他于一八九五年在马塔迪去世。只有舍布洛姆和他的几个传教士同行知道发生了什么，并且反对这些恐怖行径。

他们徒劳地向上级部门报告了这些暴行。作为最后的一条出路，他们决定向世界舆论发出呼吁。

舍布洛姆在瑞典浸信会报纸《每周邮报》上发表了揭露事实、措辞强烈的文章。他还用英文写了报告，把它们寄给了伦敦的刚果-巴洛洛特派团。

结果是，传教协会的月刊《未得之地》登出了一则很短的、几乎不会引起大家注意的简讯："由于强制橡胶贸易导致的非常严重的原住民骚乱已在多个地区引发大屠杀……针对赤道镇自由邦官员的举报，相关司法调查已经展开。但光调查是不够的，我们需要纠正那些不当行为。问题是：如果不能把真相公之于众，那么情况如何得到纠正？"

27

这是一则人们可以从字里行间读出很多东西的简讯。

查尔斯·迪尔克就读出了一些东西。他是原住民保护协会的前秘书处秘书和董事会成员。显然是受到了《未得之地》上这则简讯的影响，他开始关注刚果的情况，并写了一篇题为《文明在非洲》的尖锐的文章。

文章第一次传递出一个信号，即英国的管理层关注到了传教士们的报告。文章发表在新创刊的《大都会》杂志上，因此欧洲读者也能看见。它刊登在一八九六年七月号上，也就是在同一个月，康拉德写了《文明的前哨》，并把它寄给了同一份杂志——《大都会》。

"柏林条约生效、刚果建国已经十年了，"迪尔克写道，"布鲁塞尔和柏林的慷慨陈词已表现为正在非洲之心发生的偷猎象牙、烧毁村庄、鞭刑和射杀。"

在康拉德的故事里，是发黄的报纸上那些激昂的演说词，以象牙偷猎、奴隶贸易和杀戮的形式表现出来。

迪尔克写道："我们已经打破了旧的统治形式，但没能建立新的形式。对于欧洲人来说，非洲实在太远了，气候和孤独让人难以忍受，所以指望不了欧洲的统治能带来什么好处。"

在康拉德的故事中，正是距离、气候和孤独让那两个欧洲人产生了分歧。主要是孤独。因为那意味着内心的放弃，康拉德写道，之前"阻止蛮荒钻进他们心中"的某种东西不在了。

是这样吗？是的。"家的画面，对像他们一样的人的回忆——那些人像他们那样思考和感受，这些都退到了远处，在万里无云的晴空骄阳下变得模糊不清。"

孤独将社会从他们内心抹去了。剩下的是恐惧、怀疑和暴力。

非洲的税收无法支付与印度同等质量的行政管理费用，迪尔克写道。即使是民主政府，有时候也不得不把责任交给纯粹的冒险家。更糟的是，尼日尔公司和刚果政府在巨大的领土上统治着数量庞大的人口，却完全处于舆论的视线之外。

康拉德笔下的那两个无赖通过奴隶贸易获得象牙。"如果我们管住自己的嘴，那谁会说呢？这里什么人都没有。"

没错，正是这样，叙述者说，没有人看见他们。"带着自身的弱点被独自留下来"，人们可以做出任何事情。

迪尔克的文章让人联想到，在这样的情况下，人们可以做出什么事情。它可以是在美国对印第安人的灭绝，在南非对霍屯督人的灭绝，以及对南太平洋诸岛居民和澳大利亚原住民的灭绝。如今类似的灭绝正在刚果发生。

这样的主题也出现在康拉德故事中。卡利尔说，有必要"消灭所有黑人"，好让这个国家最终适宜居住。

迪尔克的文章相当于康拉德故事的草稿，康拉德这个故事反过来又是两年后出版的《黑暗之心》的草稿。而卡利尔的那句"消灭所有黑人"是库尔茨"消灭所有野蛮人"的初稿。

28

一八九七年五月,尽管重病在身,舍布洛姆还是亲临伦敦,出席了原住民保护协会组织的会议。迪尔克是该协会的主席。

舍布洛姆用他那极为严肃而不带感情、详尽又有点迂腐的讲述方式,给人留下了一种极为可信的印象。他对刚果大屠杀的证词得到了广泛的传播。

由此引爆的媒体辩论迫使利奥波德二世亲自下场干预。一八九七年的六七月间,他前往伦敦和斯德哥尔摩,亲自说服维多利亚和奥斯卡二世,说舍布洛姆的指控是没有根据的。

由于利奥波德的访问,主流的瑞典报纸发表了大篇幅关于刚果的批评文章。相比之下,他在伦敦就幸运多了。在那里,英帝国周年庆典的准备工作正在如火如荼地进行——比起几筐在刚果被砍掉的人手,维多利亚还有其他事情要考虑。

大国没有太多兴趣去干涉利奥波德的大屠杀。他们自己的衣橱里也有尸体。直到十年后,一场有组织的运动——刚果改革运动——让政府在政策上无法再保持被动,英国这才实施了干预。

一八九七年九月,《世纪》杂志发表了格拉夫记录所有可怕行径的日记,但这没什么用。舍布洛姆添加了新的内容来讨论这个问题,也无济于事。一八九七年春天,刚果辩论被遗忘了。帝国周年庆典把这件事给抹去了。

一八九八年,刚果得到了几乎完全正面的宣传,这主要是因为马塔迪—利奥波德维尔铁路的开通,引起了各大画报的大篇幅报道。至于为这条铁路付出的所有那些生命,各大画报则未置一词。

29

一直到皇家统计学会一八九八年十二月十三日举行的年会上,学会主席伦纳德·考特尼才发表了主题为《一个商业扩张的实验》的演讲。

作为一个个体,利奥波德二世被大国选来统治估计为一千一百万,或者可能是二千八百万的原住民,管辖跟整个欧洲一样大的区域。这就是这场实验。

根据一系列比利时消息源,考特尼描述了刚果的行政管理与商业开发是如何共生共长的。借助于格拉夫日记,他描述了这个体系所引发的暴力。

格拉夫在斯坦利瀑布(即《黑暗之心》中的内陆贸易站)时这样写道:

> 为政府效力的阿拉伯人被迫提供象牙和橡胶,并被允许采取任何必要措施以达到目的。这跟提普·提卜①时期用的是同样的方法。他们袭击村庄,俘获奴隶,直到得到象牙之后才把他们放回去。政府并没有废除奴隶制,而是通过赶走它的阿拉伯竞争者,在奴隶制上获得了垄断地位。
>
> 政府士兵不断地偷盗。有时候那些原住民被逼急了,

---

① Tippu Tip(1837—1905),阿拉伯人,19世纪下半叶在东非和中非从事奴隶贸易。

他们便以杀死并吃掉折磨他们的人作为回应。刚刚洛马米省的纠察队有两个人失踪了，他们是被原住民杀害并吃掉的。政府派阿拉伯人去惩罚那些原住民，很多女人和孩子被抓了起来："二十一颗人头被送回斯坦利瀑布。罗姆队长用它们来装饰自家房前的花坛。"

根据《星期六评论》上的一篇报道，考特尼这样复述格拉夫的所见所闻：

比利时人将奴隶制替换成一种强迫工作体制，它跟奴隶制一样令人反感。有些比利时人会做出非常野蛮的行为，对此英国人是再清楚不过的。"考特尼先生提到一位罗姆队长，他用一场惩罚行动中杀掉的二十一个原住民的人头来装饰自己的花坛。"这就是比利时人对如何用最佳方式促进刚果文明进程的理解。

格拉夫日记一八九七年九月发表时，康拉德可能就已经读过了。如果真是那样，那么读到这里他便会想起格拉夫的日记。

也有可能此刻他是第一次读到格拉夫日记中的信息，对此我们不得而知。唯一可以肯定的是，一八九八年十二月十七日星期六这天，他可以在他最喜欢的报纸《星期六评论》上读到罗姆队长是如何装饰自己的花园的。

十二月十八日星期日，他开始写《黑暗之心》。故事中的马洛用他的望远镜对准库尔茨的房子，看到那些头颅——黑色的、风干的、凹陷的头颅，眼睛是闭着的，这些就是头颅主人的座右铭"消灭所有野蛮人"造成的结果。

去卡萨尔·马拉布廷

30

因萨拉赫其实叫艾因萨拉赫,意为"咸水泉"。或者按字面意思是"咸的眼睛"——泉水是沙漠的眼睛。

直到今天,当水被从很深的地方取上来时,它的味道仍是咸的。每升混杂着二点五克干物质,这是平均数。有些水一点都不透明。

降水量为每年十四毫米,这意味着每五年或者每十年下一场雨。而沙尘暴要常见得多,尤其是在春天。平均每年有五十五天会遇到沙尘暴。

夏天很热。人们在背阴处测到过一百三十三华氏度。冬天首要的特点是阳光下与背阴处的剧烈温差。一块背阴处的石头冷得坐不上去,一块太阳下的石头烫得坐不上去。

光线像刀子一样锋利。每当我从一个背阴处走到另一个背阴处时,我都要屏住呼吸,用手捂住脸。

美好的时刻是日落前后的那一小时。阳光终于不再刺眼，但令人舒服的温度仍然留在身体里，留在物品上，留在空气中。

31

因萨拉赫是地下水道文化一个非常少见的非洲样本。

"地下水道"（foggara）一词跟"挖掘"和"贫穷"有关。它跟波斯语所称的"地下暗渠"（kanater）指的是同一种地下沟渠。根据阿拉伯史学家的说法，一个叫马利克·埃尔门苏尔的人于十一世纪将地下水道引入北非。他的后裔住在图瓦特的埃尔曼苏尔，自称巴尔马卡。他们是挖掘地下水道的专家。

撒哈拉的地下水道通常为二至六英里长。在撒哈拉总共有超过一千八百英里的地下水道。它们有时候高达十五至二十英尺，人可以在竖井之间直立行走。最深的井可深达一百二十英尺。挖掘工作总是由苦力来完成，每次废除奴隶制的时候，它都会在那些隧道中被保留下来，换上新的名称。

挖地下水道类似挖矿，只不过矿道变成了水道。挖掘工具是一种短柄的小型矿工铲。通风井在地面上是三平方英尺,当人们下到砂岩层时,井口缩小到两英尺,刚好够人们操纵铲子。

渣土被一个助手拎上来,铺撒在井口周围,使得地面上的井口看起来就像一排排鼹鼠洞。

当挖井挖到含水的砂石层的时候,挖隧道的工作便开始了。在黑暗的隧道中,挖掘工人很容易失去方向。在这里检验的是他们的技术。

从地面上看,水道好像走的是直线。但在地下,它们的路径是弯弯曲曲的。关键是自己挖的隧道要跟另一位挖掘工从下一个井口挖出来的隧道对上。还有就是要有合适的倾斜度,足以让水流动起来而不会提前停下来,因此必须一路保持足够的落差。

当法国人征服因萨拉赫时——那是十九世纪与二十世纪之交的跨年之夜——地下水道已经开始干涸。此后它们被深井所替代。但是灌溉仍然在夜间进行,以减少蒸发。每位用水者都有自己的星星,当那颗星出现在天空中时,那就标志着轮到他来取水了。

那些等候自己星星出现的人会在井边过夜,他们被称为星星的孩子。

32

因萨拉赫四个城区中有一个叫卡萨尔·马拉布廷。那里没有很多东西可看——土地、房子、天空,所有东西都带着尘土的颜色。只有那片有着神秘的、刷成白色的伊斯兰教隐士坟墓的墓地在这单调的尘土色中发出富有暗示意味的光芒。死亡是生活中唯一喜庆的东西。

一排孩子坐在石头上,腿上放着石板,在吟诵《古兰经》。一个男人走过他们,脚上踢着前面的一个空碗。孩子们看到了这一切。另一个男人在尘土中睡着了,躺在太阳底下睡觉,手臂张开,敞着怀抱,甚至都没有听到空碗哐啷哐啷被踢过的声音。

健身房只有一个大厅,屋顶很高。最里面的角落有一个黑黢毁的更衣室,还有一个螺旋楼梯通往阳台。人们在那里跳绳或做操,一边热身一边眺望整个大厅。

一切都很熟悉,但有些原始。镜子很少很小。椅子是木头做的,不能调节。健身器械用的不是钢丝而是绳子,为了保证受得住力,绳子必须够粗,这样杠铃片返回时会有很大的摩擦力,反而不怎么需要肌肉发力。除此之外,一切都是熟悉的样子——身体的汗味、杠铃片的碰撞声、喊叫声和喘息声。

我下楼走到大厅里,很幸运地立刻从别人那里接过一个杠铃,一根细细的黑色杠铃,上面的杠铃片业已松动。因为没办法把它们固定住,所以我举的时候小心翼翼的,以免失去平衡。

做三组每组十下颈后下拉,三组每组十下到下巴的窄握距杠铃提拉,三组每组十下肱二头肌弯举。然后我离开杠铃,去用那几个刚刚被别人用完的哑铃。一手拿一个哑铃,站着等了一会儿,在周围寻找长凳。一个男人说我可以跟他轮流用他那张长凳,我们各做了三组每组十下飞鸟,不过他的哑铃要比我的重一倍。

当我躺在那里卧举的时候，三脚架的黑色钢管在我脸部上方构成了一个小小的篮筐。一个十来岁的孩子正在往一个杠铃上面装重量片。我帮了他一把，然后我们轮流练了起来。他做三组每组十下，我做三组每组二十下。然后他就够了。

一个左侧脸颊上有一道白色疤痕的阿拉伯人建议我们把重量加大一倍。现在我做三组每组十下，他做三组每组二十下。然后他又加了一倍重量，但我够了。

大家就这样继续着。有一部健身器械的绳子比较细，来回都能形成真正的阻力。我在上面做了三组每组十五下颈后下拉。没有划船机。练腿的器械看起来摇摇晃晃很危险，所以我就不做了。那里还有很多别的器械可练。

那些我刚开始锻炼时的梦境和幻象如今很少见了。我会在床上做梦，但不会在健身房里。不过我的想法变得越来越清晰，也许它并没有提供任何新的东西。但我已经知道的东西变得离我更近了。

33

"塞文！"①

好好练了一番后，我浑身酸痛地坐在切兹·布拉希姆旅馆外面的一张长凳上，喝着一杯用新鲜绿薄荷冲泡的茶。

锻炼打开了意识的坚硬表面，打开了"自我"的毛孔，锻炼之后坐在这里看来来往往的人感觉特别舒服。

"塞文！塞文！"

因萨拉赫有二万五千名居民，绝大多数是黑人。他们中很多人我都见过很多次了，以至于打照面时会互相颔首示意。尽管如此，当我意识到"塞文"喊的肯定是我的时候，还是吓了一跳。

这个名字让我从匿名中惊醒，就像从梦中惊醒一样。我疑惑地看了看四周，看见我在阿尔及尔认识的那位乐呵呵的都灵人，

---

① 系对作者名字的误称。

他因为工作的缘故每年都要开车在都灵和喀麦隆之间往返好多次,把撒哈拉仅仅视为一道令人遗憾的交通屏障。

他刚刚给他那辆梅赛德斯车的前部上了凡士林油,这会儿想请我帮他往他上翻的眼睛里滴几滴透明的液体——这两项措施都是为了保护敏感的表面免受沙子的磨损。明天早晨他要继续南下,只要天还亮着就一路开下去,然后睡在车上。

"我可以一起去吗?"

"不行,"他说,"你的文字处理器和你的旅行箱太沉了。如果我们要开小汽车去达姆的话,必须轻装上阵。"

事实上,他的回答正合我意。此刻我硬盘里关于地下水道的工作似乎比继续我的地理之旅更吸引我。

到目前为止,我已经让大家看到,"消灭所有野蛮人"这句话跟一八九六年至一八九七年刚果辩论的中断有关,尤其跟迪尔克和格拉夫的贡献有关。

不过这句话还有另外一个时间背景。当约瑟夫·康拉德一八九八年十二月坐在案前描写失业的船长马洛在非洲寻找船长工作的时候,他是以一八八九年秋天他本人——三十一岁的失业船长约瑟夫·康拉德·科热尼奥夫斯基——在刚果河上寻找船长职务的记忆为基础的。

我的假设是,如果你想要理解《黑暗之心》,那你就必须看到一八八九年十二月与一八九八年十二月之间的联系。

于是第二天早晨我又坐到了电脑前,把一块毛巾铺在椅子上,只穿一件薄薄的中式汗衫和一条中式短裤,准备继续我的研究。

第二部分

武器之神

"如神明所具的威力。"

34

一八八九年秋天的一件世界大事是斯坦利在非洲内陆探险三年之后回来了。斯坦利从托钵僧团那里拯救了艾敏帕夏。

"托钵僧团"是一个成功反抗在苏丹的英国人的伊斯兰团体的别称。马赫迪派——这是他们的另一个名字——于一八八五年一月攻入喀土穆。救援力量晚到了两天,没能拯救戈登将军。这是英帝国在非洲遭受的最屈辱的失败。

不过一八八六年年底,一位信使来到桑给巴尔,带来了一个消息:戈登的一名行政长官——艾敏帕夏——仍然坚守在苏丹的中心,请求救援。

政府犹豫不决,但几个大公司以艾敏帕夏的处境为借口提出装备一支远征队,主要目的是把艾敏所在的行省变成一个由公司统治的英国殖民地。

救援任务落到了斯坦利身上。这个拯救了利文斯通①的男人,将再次以一场英勇的救援行动来为自己的职业生涯加冕。"想必您就是艾敏博士了。"②

35

可就像哈克贝利·费恩拯救吉姆那样(一本刚刚首次登上书店货架的新书里的故事),斯坦利认为,直接找到艾敏,把他请求的武器和弹药交给他,这未免太过简单,所以不能这么做。

相反,他带着远征队从桑给巴尔出发,绕过整个非洲来到刚果河河口,经过水雾缭绕的瀑布,来到刚果河可以行船的上游。在那里,他希望借助利奥波德国王的船只和奴隶贩子提普·提卜的搬运工,将上百吨军用物资从刚果经伊图里省——可

---

① David Livingstone(1813—1873),英国探险家,维多利亚瀑布和马拉维湖的发现者。
② 1871年,斯坦利与利文斯通会面时曾说了一句相当有名的话:"想必您就是利文斯通博士了。"

怕的"死亡森林",一个在当时尚未有白人涉足过的地方——运往苏丹。

船只当然是没有的。也没有搬运工。斯坦利不得不把远征队的大部分人留在了刚果,自己带着一小部分先遣队继续前行。

斯坦利身材矮胖,出身低微,像一个垃圾工人那样肌肉发达,饱经风霜。副手的人选他指定了巴特洛特少校,一个年轻优雅的贵族,皮肤像绸缎一样光滑,相貌像男高音歌唱家一样英俊。可是他没有在非洲生活的经验。为什么选择他呢?

斯坦利讨厌那些英国的上层人士,处处想跟他们竞争。他也许想看看这样一位上层贵族被丛林摧毁,失去精致的仪表,失去优越的安全感和自制力,好让自己作为男人和领导者的形象更加光彩夺目。

巴特洛特确实被摧毁了。作为主力队伍的长官,他被留在后方,徒劳地用可怕的鞭刑试图维持日常纪律。他的种族主义思想愈演愈烈,他越来越受到孤立,受到憎恶,最后惨遭杀害。

36

与此同时，斯坦利继续在令人窒息的炎热中努力前行。水分从树上滴落，汗水浸湿了衣服。他们饱受饥饿的折磨，腹泻不断，伤口久久无法愈合，睡着时脚上又遭老鼠啃咬。

住在森林里的人害怕他们，拒绝跟斯坦利做交易，拒绝为他们带路。斯坦利没有时间跟他们啰嗦，唯有采取暴力。为了给远征队搞到食物，他在去市场的路上杀死毫无防御能力的人，朝手无寸铁的人开枪，只为夺走他们的独木舟。

为了继续前进，这些都是必要的。可前进本身是必要的吗？所有人都建议他不要走这条路。只是他自己的野心要求他去完成不可能完成之事。而这反过来又要求他必须杀戮——为了得到一只山羊和几排香蕉而实施杀戮。

南极探险家沙克尔顿就没有这么爱慕虚荣。与其牺牲生命，他选择放下自己的骄傲，调头返回。斯坦利则继续踩着成堆的尸体前进。

在那些最令人不堪的场面中，有一个是斯坦利以"擅自离开"为由绞死了一名年轻的搬运工。搬运工们受雇穿越东非干旱的稀树草原。斯坦利带着他们进入的这片潮湿的原始森林已经杀死了他们中的一半人。"他不过是个孩子，肚子饿，又离家那么远。"其他人恳求道。可斯坦利毫不留情。他想，他现在不能表现出一丁点的软弱。

也许他是对的。然而，正是他本人无情地将自己置于这种唯有杀戮才是出路的境地。

衣衫褴褛、饥肠辘辘、浑身恶臭，饱受高烧和脓疮的折磨，每一步都跌跌撞撞。就是这样，那些幸存下来的人终于来到了艾伯特湖的岸边。

艾敏和他的蒸汽船在那里迎接他们。他穿着耀眼的白色制服。他看起来健康、平和、精神。他带着布匹、毯子、肥皂、烟草和粮食来迎接他的援兵。可这究竟是谁在救援谁？

37

马赫迪派已经让艾敏所在的这个偏远行省安享了五年和平。

可斯坦利远征队的到来对他们构成了威胁,他们随即发起了进攻。斯坦利返回刚果去接主力队伍。马赫迪派立刻征服了整个行省,除了首府。而在首府,艾敏自己的人发生了叛变。

很快,唯一的希望只剩下等斯坦利回来,终结这场由他自己引发的灾难。日复一日,他们焦急地等待着主力队伍能满载着机关枪、步枪和弹药到来。

然而,斯坦利再一次狼狈归来,身后跟着一支骨瘦如柴、因高烧而不停发抖的队伍。他们弄丢了武器和弹药,几乎连自己都保护不了,更不用说去打败上万名高呼口号的托钵僧了。

艾敏还是想留下来。他恳求斯坦利让他待在他的行省,试图捍卫它。可斯坦利不允许他留下来。因为这样一来,他自己的失败就变得过于明显。大家会发现,他无法提供任何艾敏需要的东西,他只是让情况变得更加糟糕。

然而,通过把艾敏带回英国——哪怕是强行带回,斯坦利希望由此决定向全世界传达什么样的信息。"艾敏获救了!"艾敏就是那座能把斯坦利的失败扭转为公众眼中胜利的奖杯。

斯坦利的计划成功了。这是整个远征行动中斯坦利唯一真正成功的事情：让公众欢呼庆祝。

在胜利的时刻，没有人会对审查细节感兴趣。斯坦利再一次完成了其他人完不成的事情！这成了公众意识里的既定事实。因此这场胜利至少在那一刻是事实——无论它付出了多大的代价，无论事实上它意味着什么。

38

当那位失了业的科热尼奥夫斯基船长——我们认知里的康拉德——一八八九年十一月来到布鲁塞尔准备接受刚果比利时学会理事阿尔贝·蒂斯采访的时候，这座城市正处在对斯坦利的狂热之中。人们知道他就要靠岸了，但他尚未抵达。

十二月四日，当斯坦利带着艾敏成功登陆巴加莫约[①]时，康拉德回到了伦敦。一连数周，媒体都在争先恐后地向这位文明的

[①] Bagamoyo，坦桑尼亚一港口。

大英雄致敬。

一八九〇年一月，斯坦利抵达开罗，在那里写下他那个版本的旅行故事。康拉德则回到了波兰，这是他十六年来第一次重返故乡，在他儿时的家乡卡兹米尔佐卡度过了两个月。

与此同时，斯坦利完成了他的畅销作品《在最黑暗的非洲》，返回欧洲。

四月二十日，他来到布鲁塞尔，在那里受到了热烈欢迎。利奥波德国王的欢迎宴会上，用鲜花做成的金字塔装饰着会场的四个角落，从中伸出来四百根象牙。庆祝活动整整持续了五天。

与此同时，康拉德正在从波兰返回的路上。四月二十九日，他来到布鲁塞尔，彼时欢迎斯坦利的庆祝活动仍是大家茶余饭后的谈资。他面见了阿尔贝·蒂斯，得到一份工作，受命即刻动身前往刚果。紧接着，他去了伦敦，为他的刚果之旅做准备。而彼时在伦敦，庆祝氛围最为高涨。斯坦利于四月二十六日抵达多佛尔。他乘坐专列来到伦敦，在那里等待他的是蜂拥的人群。五月三日，他在圣詹姆斯宫当着上万人的面做了一场演讲，听众包括

尊贵的艾敏帕夏。所有人在等待他被拯救。

《伦敦新闻》，1889 年 11 月 30 日

皇室成员。他被牛津大学和剑桥大学授予荣誉学位。接下来举国上下都开始庆祝。康拉德没来得及亲历所有这些。五月六日，在斯坦利接受维多利亚女王召见那天，康拉德返回了布鲁塞尔。五月十日，他登上了开往非洲的船。

39

去往哪一个非洲，形势将给出答案。康拉德去的是斯坦利的那个非洲。

斯坦利比康拉德大十六岁。跟康拉德一样，他也是在没有母亲的环境中长大的。跟康拉德一样，他也是被一位仁慈的父亲所收养。斯坦利找到利文斯通从而一举成名的那一年，康拉德十四岁。十五岁的时候，跟斯坦利一样，康拉德开始出海。也跟斯坦利一样，康拉德改了名字、国籍和身份。

此刻，伴随着那些犹在耳边回响的致敬与赞美，康拉德动身前往斯坦利的刚果——对斯坦利传奇背后所隐藏的黑暗现实，他还一无所知。

40

一八九〇年六月二十八日（康拉德离开刚果河河口的马塔迪，徒步前往位于河流上游的斯坦利维尔的同一天），斯坦利的《在最黑暗的非洲》出版了。

书大获成功，卖出了十五万册。但它唤起的不仅仅是奉承的声音。

巴特洛特的父亲出版了儿子的日记，替自己的儿子抗辩。这年秋天，关于刚果之行，远征队里所有的欧洲参与者都发表了他们自己的版本。一八九〇年十一月和十二月，彼时得了重病的康拉德正躺在非洲的一个村子里。几乎每一天，英国的报纸都会刊登或支持或反对斯坦利的文章。

在非洲的八个月里，康拉德发现事实情况与他出发前所听到的那些冠冕堂皇的说辞截然不同。一八九一年新年之际，当他带着病躯和破灭的幻想回到伦敦时，当地的舆论也已经开始摇摆。

讨论贯穿整个一八九一年。其中最谨慎细致的批评声音来自福克斯·伯恩①的《艾敏帕夏远征的另一面》。面对这样的声音——其中大部分是关于艾敏帕夏的,斯坦利和他的远征队陷入了沉默。

41

最沉默的要数艾敏本人。

在非洲的时候斯坦利就惊恐地发现,他牺牲了那么多人去营救的不是什么贵族帕夏,而是一个西里西亚来的顽固的犹太人。

斯坦利可以强迫他跟他走,但无法让他在公众面前露脸。回程途中他用一言不发的方式来表示抗议。在巴加莫约的欢迎宴会上,他在没人注意的情况下离席而去,然后被发现头破血流地倒在阳台下方的石板路上。他被送去了医院,而斯坦利的凯旋游行队伍继续前进。

一八九〇年四月,当斯坦利在布鲁塞尔和伦敦被当成艾敏的

---

① Fox Bourne(1837—1909),英国作家、改革家。

拯救者受到敬仰的时候，艾敏本人却躺在巴加莫约的医院里被人遗忘。一天夜里，他悄悄溜出去，在半瞎半聋的情况下踏上了通往"他的"行省的归途。

一八九二年十月，斯坦利在欧洲的热度完全过去了。这时艾敏也回到了家。托钵僧团的人发现了他，他们割破了他的喉咙。

几年前，对他的"营救"在欧洲引发了歇斯底里般的关注。如今，却没有一个人注意到他死了。

42

六年后的一八九八年十月，乔治·施魏策尔的《根据其日记、信件、科学笔记和官方文件汇编而成的艾敏帕夏的生活与工作》出版。在这本书里，艾敏的故事第一次通过他本人的视角讲述出来。

整个十月和十一月，书都受到了广泛的宣传和讨论。十二月，康拉德开始动手写《黑暗之心》。

正如斯坦利溯刚果河而上去营救艾敏，在康拉德的故事里，马洛也沿刚果河逆流而上去营救库尔茨。可是库尔茨并不想要被营救。他消失在了黑暗中，试图爬回"他的"人民身边。艾敏也是这么做的。

库尔茨不是艾敏的画像。相反，艾敏身上所有美好的东西在康拉德的故事中都被安在了营救者马洛身上。至于被营救的那个人——库尔茨，参照的则是斯坦利的性格。

斯坦利也有一个"未婚妻"，她叫多莉，她得到了她所期望的谎言。就像整个白人世界得到了他们所渴求的谎言一样。

在康拉德的故事的结尾，马洛欺骗了他的未婚妻，他不仅做了斯坦利本人做过的事，而且做了英国官方和普通民众正在做的事——他们在撒谎。

43

历史喜欢重演。一八九八年秋天，"斯坦利"又回来了。这一回他的名字是基奇纳。

霍拉肖·赫伯特·基奇纳将军——大家口中的"总司

令"——做了斯坦利没能做成的事,他战胜了托钵僧团,"拯救了苏丹"。

一八九八年十月二十七日,他抵达多佛尔。就像斯坦利回来时一样,大量民众聚集在那里欢迎他。跟斯坦利一样,他搭乘专列前往伦敦,受到了维多利亚女王的召见。欢迎午宴上他指出,对托钵僧团的胜利使得整个尼罗河谷"向商业企业的文明影响"敞开了大门。

这正是斯坦利曾经形容过刚果河的话。

接下来的五个星期是狂热的庆祝活动。在剑桥——斯坦利曾经接受荣誉学位的地方——基奇纳于十一月二十四日接受了他的荣誉学位。几个表示反对意见的学者穿着衣服被扔进了河里,与此同时,烟花为"总司令"绽放。接着他去了爱丁堡,十一月二十八日被授予那里的荣誉学位。然后他接受了全国各地的庆祝。

几乎是斯坦利回来时的情景重现。在为那本汇编了艾敏帕夏日记的书——它让大家看到了上一回的狂热有多空洞——打广告和发评论的同一期报纸上,再次响起了民众的欢呼声,庆祝的呼

上图:"苏丹战役的阴暗面:清理受伤的托钵僧。"

下图:"理由。"

《图画报》,1898年10月1日

喊和空洞的辞藻在那里回响不绝。

没有人质疑在恩图曼获得的胜利。没有人质疑为什么一万一千名苏丹人被杀,而英国方面只损失了四十八人。没有人质疑为什么受伤的一万六千名苏丹人中,很少甚至没有人幸存下来。

但在肯特郡的彭特农场,一位名叫约瑟夫·康拉德的波兰流亡作家中断了他正在写的小说,转而开始写那个关于库尔茨的故事和他的"消灭所有野蛮人"。

44

我来到太阳底下,吸了一口气,炙热的空气进到嘴里,就好像小时候我是那么急切,等不及食物停止冒热气就立刻咬一大口,结果嘴受不了了,必须喝一大口冰冷的牛奶才能让它冷却下来。可是在这里,每一口呼吸所需的冷牛奶在哪里?

45

恩图曼一战,苏丹战斗力量全军覆没,一次都没能让敌人进入到他们的射程之内。

远距离杀人的技术显然成了欧洲的特产。十七世纪欧洲沿海国家之间的军备竞赛还建立了能够打击远离祖国的战略目标的海军。他们的大炮能够摧毁在当时坚不可摧的堡垒。对于那些毫无防御的村庄，它们的效率就更高了。

工业化之前的欧洲没有太多东西是世界其他地方所需要的。我们最重要的出口商品是武力。当时在世界上我们被视为跟蒙古人和鞑靼人一样的游牧战斗民族。他们在马背上统治，而我们在轮船的甲板上统治。

我们的大炮在比我们更开明的人那里遇到了不堪一击的抵抗。印度的贵族没有能够抵御炮火或者携带枪炮的轮船。相反，为了建造一支海军，贵族们选择从欧洲国家购买防御服务，因而那些欧洲国家很快便接替了印度贵族的统治者角色。

中国于十世纪发明了火药，于十三世纪中期铸造了第一门火炮。可他们在自己的地盘感觉很安全，以至于从十六世纪中期起便放弃了参加海军军备竞赛。

于是十六世纪落后且资源贫乏的欧洲成了远洋轮船的垄断者,这些轮船带着大炮,可以将死亡和毁灭传播到非常远的地方。欧洲人成了火炮之神,在对手的武器够得着他们之前,远远地就把他们杀死。

三百年后,这些火炮之神征服了世界的三分之一。归根结底,他们的帝国依赖于舰炮的力量。

46

然而十九世纪初,有人居住的世界仍有大部分地方尚处在舰炮的射程之外。

所以当罗伯特·富尔顿让第一艘蒸汽机驱动的轮船沿哈得孙河逆流而上时,这种船成了一种具有重大军事意义的发明。很快,欧洲的河流上航行着数百艘蒸汽船。十九世纪中期,蒸汽船开始装载着欧洲大炮深入亚洲和非洲腹地,由此开启了帝国主义历史上的一个新时期。

这也开启了种族主义历史的新时期。太多的欧洲人将军事优势解读为智力上甚至生物学上的优势。

"涅墨西斯"是古希腊神话中复仇女神的名字，她是傲慢与自大的惩罚者。而具有深刻历史反讽意味的是，一八四二年拖着英国战舰沿黄河和大运河开往北京的第一艘蒸汽船也叫这个名字。

很快，蒸汽船不再作为海军的拖船使用，而是装备了自己的火炮。"炮艇"成了帝国主义在非洲所有主要河流——尼罗河、尼日尔河、刚果河——上的象征，让欧洲人能够用武力统治之前无法抵达的大片区域。

蒸汽船被描述成光明与正义的载体。如果蒸汽机的创造者在天堂能够俯视他的发明在下面所获得的成功，麦格雷戈·莱尔德在《沿尼日尔河深入非洲内陆的探险故事》（一八三七年）中这么写道，那么带给他最大满足的应该就是看着这数百艘蒸汽船"乘着人类和平与友善的风浪驶向地球上充斥着残忍与不公的黑暗之地"。

这是官方的说辞。在恩图曼战役中，我们看到炮艇还承载着另一种能力，就是在一个安全的距离之内消灭对手。

47

直到十九世纪中期，第三世界的手持武器仍可以很好地与欧洲的手枪竞争。标准武器是一种非洲当地村子的铁匠也能制造的枪口上膛的滑膛燧发枪。

滑膛枪对于第一次听到它的枪声的人来说是一种可怕的武器。但它的射程只有一百米。每开一枪后都要花至少一分钟来给枪上子弹。即便在干燥的天气下，十颗子弹也有三颗会哑火。遇到雨天，滑膛枪更是完全无法使用。

还是一位熟练的弓箭手射得更快、更准、更远，只是他在射穿盔甲方面的能力稍为逊色。

因此，十九世纪上半叶的殖民战争耗时又长开销又大。尽管法国人在阿尔及利亚有一支十万人的部队，但他们的推进速度非常缓慢，因为双方步兵的武器基本不相上下。

可加了一个火花塞后，制造出来的滑膛枪一千颗子弹里只有五颗会哑火，带沟槽的枪管的精度也随之提升。

一八五三年，英国人开始用恩菲尔德步枪来替代旧的滑膛枪。这种枪射程五百码，射击速度更快，因为子弹被装在一个纸质弹夹里。法国人引进了一种类似的步枪。这两种枪都是最先在殖民地使用。

但这些武器还不够快且使用不便。它们会释放烟雾，从而暴露射手的位置。纸质弹夹容易受潮。士兵装子弹时不得不站起来。

普鲁士人用后膛装弹的德莱赛步枪替代了他们枪口上膛的枪支。一八六六年，在普鲁士和奥地利争夺德国霸权的战争中，这种枪第一次试用。在萨多瓦战役中，奥地利人站在那里装好并射出一颗子弹的时间，普鲁士人可以趴在地上用德莱赛步枪射出七颗子弹。战争的结果显而易见。

这下欧洲国家之间展开了用后膛装弹步枪替代滑膛枪的竞赛。英国人将纸质弹夹升级为黄铜弹夹，不仅可以在运输途中保护火药，在射出子弹时锁住烟雾，而且能让子弹的射程达到德莱赛步枪射程的三倍。

一八六九年，英国人放弃了恩菲尔德步枪，换成了马提尼-亨利步枪。这是新生代武器中第一款真正好使的武器：快、准、对潮湿和碰撞不敏感。法国人紧随其后用起了格拉斯步枪。普鲁士人换了毛瑟步枪。

至此，欧洲人变得比其他大陆所有可以想象得到的对手都更为优越。武器之神征服了世界的另外三分之一。

48

新式武器也让在非洲的一位孤独的欧洲旅行者有可能不受惩罚地实施几乎没有边界的暴行。德国东非殖民地的建立者卡尔·彼得斯在《黑非洲的新曙光》（一八九一年）中描述了他是怎样迫使瓦戈戈人屈服的。

酋长的儿子来到彼得斯的营地，"非常没礼貌地"站在帐篷的入口处。"我命令他走开，他只是咧嘴一笑作为回应，依然无动于衷。"

于是彼得斯让人用河马皮鞭抽他。在他的尖叫声中，瓦戈戈的斗士们冲过来试图解救他。彼得斯朝着"人堆"开枪，打死了其中一人。

半小时后，苏丹派了一个使者求和。彼得斯的答复是："苏丹想要和平，永久的和平。而我想要向瓦戈戈人展示德国人是什么！掠夺村庄，烧毁房屋，将一切烧不毁的全都砸碎！"

那些房屋结果很难点燃，必须用斧子来摧毁。这时候，瓦戈戈人聚集起来，试图保卫他们的家园。彼得斯对他的手下说：

"我要让你们看看，在我们面前的是怎样一群乌合之众。你们留在这里，我一个人就能把这些瓦戈戈人打跑。"

说完，我走向那些正在呐喊的瓦戈戈人，他们有数百人，却像羊群一样跑掉了。

我之所以提及此事，不是为了彰显我们有多英勇，而只是为了让你们看看，这些非洲人通常都是些什么样的人，以及欧洲人对他们的战斗力和镇压他们所需的手段的想象有多夸张。

三点左右，我继续往南朝其他村庄行进，所到之处都是同样的场景！短暂抵抗后瓦戈戈人便落荒而逃，火把被扔进房屋，挥舞的斧头摧毁了火焰摧毁不了的一切。就这样到了四点半，十二个村庄被烧成灰烬……我的枪因为连续射击而烫得几乎握不住。

彼得斯离开村庄前，让人告知瓦戈戈人，说他们现在该知道他是个什么样的人了。只要瓦戈戈人还有人活着，只要还有村庄没被烧毁、牛没被抢走，他就不会离开。

于是苏丹来问停火的条件是什么。

"告诉你们的苏丹，我不想跟他签什么停火协议。瓦戈戈人撒谎成性，必须从地球上清除掉。不过，假如苏丹愿意成为德国人的奴隶，那么他和他的子民是有机会活下来的。"

黎明时分，苏丹派人送来了三十六头牛和其他礼品。"我于是说服自己跟他签订协议，通过协议将他置于德国的霸权之下。"

在那些新式武器的帮助下，殖民征服的成本收益变得极佳。

支出费用主要限于杀戮所需的弹药。

卡尔·彼得斯被任命为德国国家专员，负责统治他所征服的区域。一八九七年春，他在柏林出庭受审。针对他的审判演变成了一场丑闻，甚至引起了英国媒体的广泛关注。最后，他被判杀害了他的黑人情妇。然而事实上，真正导致他被判刑的不是谋杀，而是跟黑人发生关系。他在德国征服东非殖民地的过程中，实施了不计其数的杀戮，但这被认为是再自然不过的事，他完全没有因此受到惩罚。

49

新一代武器紧随其后：带有中继器装置的步枪。一八八五年，法国人保罗·维埃耶发明了一种无烟火药，爆炸时不会产生烟雾或灰烬，这意味着士兵在射击时可以不被发现。这种火药的优点还包括爆炸力更强，更不易受潮。滑膛枪的口径可以从十九毫米减小为八毫米，大大增加了武器的命中率。

有了无烟火药，机关枪也随之出现。海勒姆·史蒂文斯·马克沁制造出一种自动武器,它携带轻巧,每秒钟可以射出十一发子弹。英国人很早就给他们的殖民军队装备了自动武器,一八七四年它们被用在对付阿散蒂①的战争中,一八八四年被用于对付埃及。

与此同时,通过贝塞麦炼钢法和其他新的工艺,钢材变得非常便宜,可以广泛用于武器制造。而在非洲和亚洲,民间铁匠再也生产不出这些新武器的复制品,因为他们没有必需的材料:工业化生产的钢材。

二十世纪九十年代末,步枪的革命完成了。所有欧洲步兵都已经可以趴下来射击——在任何天气条件下——而不被发现,十五秒内射出十五发子弹,命中一公里外的目标。

新的弹药尤其适应热带气候。可是在"野蛮人"身上,子弹并不总能达到预期的效果。哪怕被击中四五次,他们通常仍能继续进攻。

---

① Ashanti,指18世纪初至20世纪中期非洲加纳中南部的阿散蒂帝国。

解决的方法是达姆弹，它以与加尔各答相邻的达姆达姆兵工厂命名，并于一八九七年获得专利。达姆弹的铅芯会撑开子弹的金属包覆，造成大面积痛彻心扉且难以愈合的伤口。"文明国家"之间禁止使用达姆弹，它们被专用于大型狩猎活动和殖民战争。

一八九八年的恩图曼战役中，那些数量上占优且异常顽强的敌人便被拿来作为欧洲新型军火库——炮艇、自动武器、中继器步枪和达姆弹——的试验品。

时任《晨报》的战地记者温斯顿·丘吉尔，有史以来最欢脱的战争书写者，后来的诺贝尔文学奖得主，在他的自传《我的早年人生》中描述了这场战役。

50

"再也不会看到像恩图曼这样的战役了，"丘吉尔写道，"它是一系列精彩冲突的最后一环，其活力和壮观程度大大增加了战争的光彩。"

多亏有蒸汽船和新建的铁路线，即使身处沙漠，欧洲人也能

得到各种良好的供给。丘吉尔写道:

> 各种包装诱人的瓶瓶罐罐,还有盘装的腌牛肉和什锦酱菜。在战斗一触即发之前,这一切仿佛变魔术般出现在这蛮荒之地,让我心中充满了感激,程度远远超过了平日的餐前祷告。
>
> 我专注地咬着牛肉,喝着冷饮。气氛很热烈,大家个个兴致高昂,似乎这和德比赛马前的午餐没什么两样。
>
> "真的会开战吗?"我问。
>
> "一两个小时之后。"一位将军答道。

丘吉尔觉得这一刻无比美妙,信心满满地往嘴里塞着食物。"我们当然会赢。我们当然应该消灭他们。"

可这一天战斗没有打响。相反,所有人都专注于为晚餐做准备。一艘炮艇靠岸了,"身着一尘不染白色制服"的军官们把一大瓶香槟酒扔上岸。丘吉尔涉入齐膝的水中,抓住了这份珍贵的礼物，然后凯旋般地捧着它回到乱糟糟的营地。

这类战事让人亢奋不已。它跟世界大战不同。没有人觉得自己会战死沙场……对于那些曾在美好旧时光里打过小仗的英国民众来说，这不过是一场精彩的比赛最刺激的部分。

51

遗憾的是，英国人经常错过这种精彩。他们的对手很快认识到，跟现代武器抗争毫无意义。英国人还没来得及享受灭绝他们的快乐，他们就投降了。

领导了一八七四年至一八七六年第一次阿散蒂战争的加尼特·沃尔斯利勋爵遇到了抵抗，享受到了真正的乐趣。"只有亲身体验了，我们才知道——即使已有所预期——攻击敌人所带来的狂喜是多么强烈……跟大本钟的震响比起来，其他所有感觉都不过是门铃的叮当声而已。"

一八九六年的第二次阿散蒂战争没能带来类似的体验。从首府库马西出发行进两天后，先遣部队的领袖，后来的童军运动创始人罗伯特·贝登堡将军，就接见了一个提出无条件投降的特使。

令罗伯特·贝登堡失望的是，他没有朝土著们开一枪。为了激化矛盾，英国人安排了一场极端挑衅。阿散蒂国王和他的整个家族被抓了起来，国王和他的母亲被迫以四肢着地的方式爬到那些英国军官的身边，军官们则坐在饼干箱子上，接受他们的臣服。

在《黑暗之心》中，小丑向马洛描述了那些土著如何接近他们的偶像库尔茨——"手脚并用地爬向他"。马洛的反应非常激烈。他一边后退，一边尖叫着说他不想知道他们采用何种仪式接近库尔茨先生，一点也不想。在他看来，想到爬行的酋长比看到被杀的人的头颅挂在库尔茨房子周围的柱子上风干更令人难以忍受。

当看到两年前库马西臣服仪式的图片时，我们就能理解他的这种反应了。那些报纸上无处不在的图片，是种族主义傲慢的体现，它毫不回避对对手最极致的羞辱。

这一回，英国人没能用上自己的武器。他们难过地回到岸上。

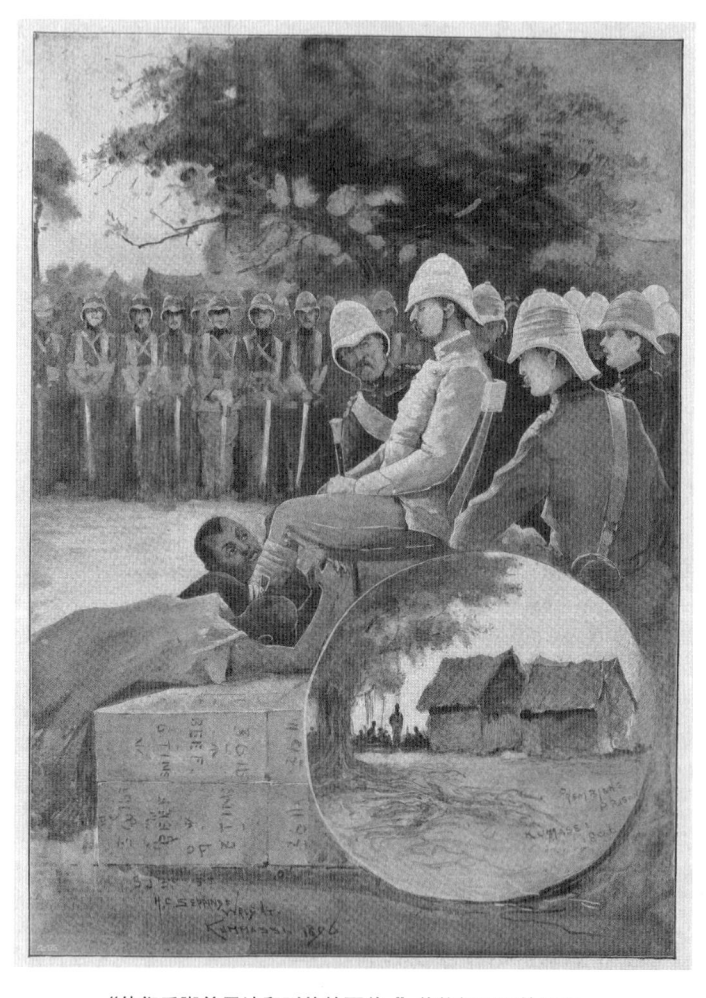

"他们手脚并用地爬到他的面前。"普伦佩国王的臣服。

《伦敦新闻》,1896年2月26日

普伦佩国王的臣服。最后的羞辱。

《图画报》，1896年2月29日

"我无比享受这次远行,"罗伯特·贝登堡在给他母亲的信中这样写道,"除了没能如愿打上一仗之外。我担心这会妨碍我们获得任何奖牌或勋章。"

52

然而,有时候,挑衅确实成功了。

贝宁河河口的英国领事多年来一直建议占领贝宁王国。这不仅是贸易所需,而且从贝宁王国掠夺来的象牙可以用来支付远征开销。但是英国外交部始终认为这么做成本过高。

一八九六年十一月,这个建议被临时领事菲利普斯再一次提了出来。一八九七年二三月份进攻所需的给养和弹药已准备就绪。一月七日,外交部的答复如期而至。跟往常一样,是一个否定答复。

可为了保险起见,一月二日,菲利普斯上校已经同其他九个白人和二百个非洲搬运工一道,前去对贝宁国王进行礼节性的访问。

第一晚，他遇到一位来自贝宁的信使，对方请求他把访问推迟一个月，因为国王正忙于一年一度宗教节日前的仪式准备。

菲利普斯继续前行。

第二晚，来了更多的贝宁代表，他们请求白人返回。菲利普斯把自己的手杖寄给国王——这是一种蓄意冒犯，然后继续前行。

第三天，也就是一月四日，包括菲利普斯在内的八名白人和他们的搬运工在一次伏击中被杀。

一月十一日，一则名为"贝宁惨案"的信息抵达伦敦。舆论愤慨并要求报复。菲利普斯上校早在十一月就计划好但被否决的攻打贝宁提案，最终以报复其惨死的惩罚性远征而得以付诸实践。

尽管遇到顽强的抵抗，但英国人还是于二月十八日攻占了贝宁城。贝宁城遭到洗劫，被烧成了平地。

从来没有人调查过，有多少贝宁人死在英国军队手里。然而，贝宁国王的活人祭祀被各大画报大肆渲染：地上像银莲花一样闪闪发亮的头骨，证明没有一个贝宁人是自然死亡。在雷·休·培根上校的著作《贝宁——鲜血之城》（一八九七年）

《可怕的仪式》，骷髅地，贝宁。

《伦敦新闻》，1897 年 3 月 27 日

里，那些被开膛破肚钉在十字架上的人就是文明世界征服贝宁的真正原因。

可以肯定的是，两年后，当约瑟夫·康拉德的《黑暗之心》最早那批读者读到库尔茨让自己被奉为神明，加入黑人之间那"可怕的仪式"时，他们脑海里浮现出来的，正是那些贝宁的图片。然后他们会记起对那恶臭的描写，那死人和活人被一起扔进去的乱葬坑的恶臭，以及那浑身包裹着干涸血迹的偶像的恶臭。

那些"偶像画"如今被认为是世界艺术的杰出代表。可报纸对贝宁作为黑人种族之专属地狱的描写是如此深入人心，以至于英国人看不到它们的艺术价值。在伦敦，它们被当作古玩出售，用以支付这场惩罚性远征的费用。德国博物馆以低廉的价格将它们收入囊中。

53

当贝宁国王像森林里的野兽那样被猎杀，他的国都被付之一炬时，他是什么感受？当阿散蒂国王匍匐着爬向饼干箱，去亲吻英国绅士们的靴子时，他又是什么感受？

没有人问过他们。没有人会听这些被神的武器征服的人怎么说。我们很少听到他们的声音。

十九世纪八十年代末，英国南非公司从南边挺进今天津巴布韦的马塔贝莱兰省地区。一八九四年，马塔贝莱兰人被征服。英国南非公司将他们的牧场分给白人投机分子和冒险家，使得他们的家畜数量从二十万头减少为一万四千头，并且禁止他们拥有武器。由白人组成的死亡巡逻队实行戒严，劳动力被强征，任何抗议者都会被立刻枪决。

一八九六年，一场叛乱爆发。南非公司召来了英国军队。同来的还有罗伯特·贝登堡。他欣喜于终于可以跟敌人对抗了，跟一个"没有能力给训练有素的士兵带来任何伤害的"敌人对抗。

在他的第一场战役中，他和他的军队仅用一个欧洲人的牺牲便换来了二百个原住民的性命。

杀人竟会如此轻松有趣。

THE CRUCIFIXION TREE.

"鲜血之城"贝宁被钉在十字架上的活人祭品。

雷·休·培根，1897年

然而在这种情况下，代价依然昂贵。军队应南非公司的要求驻扎在那里，提供军事服务，并为此获得相应的报酬。经过几个月的战斗，公司已濒临破产。为了平息战火，塞西尔·罗兹和其他白人领袖第一次被迫倾听那些非洲黑人的声音。

54

"有一回我去了布拉瓦约[①]，"索玛布拉诺说，"我去那里是为了觐见首席行政官。我带着我的随从和仆人。我是酋长，习惯带着随从和顾问旅行。我在太阳晒干露珠之前抵达布拉瓦约，在法院门口坐了下来，派使者告知首席行政官我会静候他的召见。我就这样坐着，直到夜晚将影子拉长。我又派使者告知首席行政官，我并不想以任何不礼貌的方式催促他，我愿意等到他高兴见我的那一刻，但我的人饿了。当白人来见我的时候，我的习惯是杀点什么给他们吃。首席行政官的答复是，城里到处是流浪狗，狗

---

① Bulawayo，津巴布韦第二大城市。

就该吃狗,我们可以随便杀了那些狗来吃,如果我们抓得住它们的话……"

人们可以像开枪打死一条狗一样毫无风险、不受惩罚地打死一个黑人,这就是黑人等同于狗的逻辑。

格雷勋爵的牧师比勒神父深信,黑人必须被消灭。"他声称,延续人类未来的唯一机会就是消灭十四岁以上的黑人,无论男女!"一八九七年一月二十三日,格雷在给他妻子的信中这样写道。

他本人不愿接受一个如此悲观的结论,可是灭绝的想法近在咫尺,在白人的报纸上一次又一次地出现。

非洲首领们很清楚自己的人民有被灭绝的危险。索玛布拉诺在和谈时便提及灭绝的威胁:"你们来了,你们胜利了,强者占领了土地,我们接受你们的统治。我们生活在你们的统治之下,但不能像狗那样!如果要我们做狗,那不如让我们去死。你们绝不可能把恩德贝莱人变成狗。你们可以消灭他们,但星星的孩子绝不能变成狗。"

55

在恩图曼，非洲最强大的军事抵抗运动被镇压。丘吉尔在恩图曼战役后立刻写出的《河战》（一八九九年）一书，是我们了解这场战役最好的方式。一八九八年九月二日的早晨，发生了下面的情景：

"白旗部队"已经接近山顶，再过一分钟，他们就会暴露在炮台之下。他们是否已经意识到即将面临的危险？他们的队伍密集，距离第三十二号野战炮和炮艇只有二千八百码。射程是已知的，这只是一个机械问题。

当意识完全被逼近的恐惧所占据时，远处的屠杀便会被轻易忽视。几秒钟后，这些勇敢的士兵将会瞬间化为灰烬。他们登上了山顶，整个军队全部出现在了视野范围内。白色旗帜使他们显得尤为突出。当他们发现敌军阵营时，便立即噼里啪啦地从背上取下步枪并加快了步伐。有那么一会儿，"白旗部队"有序地推进，整个师队越过山顶，完全暴露出来。

第一分钟内，有大约二十枚炮弹轰向他们。有些在空中爆炸，有些则刚好在他们面前炸开。其他一些则落入沙地之中，在他们的队伍中间爆炸，红色的沙尘在空中形成云团，炮弹碎片四处横飞，白色旗帜倒落四方。然而，他们马上再次崛起，因为还有其他人在英勇冲锋，为马赫迪的神圣事业而战死，守护真正的先知继承者。场面极其可怕，因为他们根本没有对我们造成任何伤害，在他们无力还击时如此残酷地攻击他们似乎有失公平。

这种描述的过时性在最后这句话中体现得尤为明显。这是一个关于荣誉和公平竞争的旧观念，一种对毫无意义的英勇的钦佩，仍然没有让位于一种现代认识，即技术优势提供了消灭敌人的自然权利，哪怕敌人连防御能力都没有。

恩图曼战役。"机关枪和步兵团将他们歼灭。整个营被毁灭性的炮火摧毁。"

《图画报》，1898 年 9 月 24 日

THE BATTLE OF OMDURMAN: THE FIGHT FOR THE KHALIFA'S STANDARD

恩图曼战役。这幅图片呈现的是一场人对人的战斗,但没有苏丹人能够靠近英军阵地三百码以内。

56

八百码之外,一队衣衫褴褛的士兵拼命向我们冲来,面对无情的炮火挣扎着向前,白色的旗帜左右摇摆,依次倒下;身着白衣的士兵成群地倒在地上,他们的步枪口时不时地冒出一丝白烟……

步兵待在原地平静而从容地不断射击,因为敌军相距甚远,军官们也非常谨慎。士兵们对这场战役满怀热情而且为之付出了巨大的努力,可眼前一切成了机械的肢体运动,变得让人乏味……

步枪因连续使用而发热,以至于他们不得不换用预备连队的步枪。马克沁机枪耗尽了隔热套里的水……空弹壳掉落地上叮当作响,在每个人身旁堆积成山。

而对面的平原上子弹不断穿过肉体,击碎骨头;鲜血从可怕的伤口喷涌而出;英勇的士兵正在一连串的金属打击声中,在爆炸的炮弹溅起的灰尘里,挣扎不休,绝望不已，奄奄一息。

丘吉尔对敌人状况设身处地的描写——我们应该在诺曼·施瓦茨科夫将军在伊拉克获胜之后联想到它——讲的不是一个从那里疯狂逃窜的敌人，而是一个仍在进攻的敌人，如果他不受到阻止，那么他很快就会占据优势。哈里发投入了一万五千人参与这场正面进攻。丘吉尔认为进攻计划很聪明，而且考虑周密，但他们唯独忽视了决定性的一点：计划是建立在对现代武器有效性致命的低估之上。

与此同时，日出时满怀希望和勇气发动进攻的军队已彻底溃败，疯狂逃窜。埃及骑兵穷追不舍，在长矛轻骑兵第二十一支队不断的骚扰下，军队有九千多名士兵阵亡，他们身后还有更多的伤员。

恩图曼之战至此结束，这是现代武器对野蛮人所取得的最重要的胜利。短短的五个小时之内，现代欧洲力量将最强壮、装备最好的野蛮人军队彻底击溃，几乎没有遭遇任何困难，相对胜利而言，他们的风险微乎其微，损失微不足道。①

57

一八九八年十月的几周里，看上去，恩图曼战役的胜利似乎要引发一场欧洲大战。法国人固守于恩图曼南边的法绍达前哨，要求分享基奇纳所获得的战利品。两国的爱国媒体日复一日地炫耀着他们威力最大的火炮，而欧洲正在一步步滑向深渊。

最终，十一月四日，在基奇纳接受胜利的象征物——一把品位极差的金色宝剑——的盛大晚宴上，传来了法国人屈服的消息。法绍达危机结束了。英国仍然是无可争议的超级大国，帝国主义的伟大诗人鲁德亚德·吉卜林写道：

---

① 译文参见《河战》(漓江出版社，2020年，王冬冬译)，略有改动。

挑起白人的负担

派出你们最好的同类

让你们的儿子背井离乡

去为你们的俘虏效力。

58

吉卜林创作《白人的责任》之际,正是约瑟夫·康拉德写他的《黑暗之心》之时。在写作的世界里,体现帝国主义意识形态的最重要的两部文学作品同时出现,然而是作为彼此的对立面。这两部作品都是基于恩图曼战役的影响创作出来的。

康拉德在《海隅逐客》(一八九六年)中已经描述了被舰炮击中是一种什么感觉。在巴巴拉奇①周围,地面因血迹而湿滑,房屋在熊熊大火中燃烧,女人们在尖叫,孩童们在哭泣,垂死之人在喘息。他们无助地死去,"在看见敌人之前就被击倒"。面对一

---

① Babalatchi,《海隅逐客》中的一个当地人角色。

个看不见摸不着的对手，他们的勇敢是徒劳的。

在小说的很后面，幸存者之一——酋长的女儿——回忆起袭击者的隐身性："先是他们来了——那些看不见的白人，接着他们在远处制造了死亡……"

很少有西方作家如此感同身受地描写过这种面对强大敌人时无助的愤怒，这个敌人无需登陆就实施了杀戮，甚至无需在场就获得了胜利。

恩图曼战役发生时，《海隅逐客》刚刚出版。而在《黑暗之心》中——这本书写于基奇纳归来后的爱国热潮之下，康拉德打开了帝国主义的工具箱，一件一件地检视历史学家丹尼尔·赫德里克所说的"帝国主义工具"。

射向非洲大陆的舰炮，方便对非洲大陆进行掠夺的铁路建设，沿着河流将欧洲人和他们的武器运到非洲大陆心脏的蒸汽船，行进的库尔茨的担架后头那"天神手中的雷霆"——两把猎枪、一把重型步枪和一把轻型左轮卡宾枪，能朝岸上的非洲人射出铅弹的温彻斯特步枪和马提尼-亨利步枪。

"我说,我们一定把他们在草丛里杀得精光,你觉得怎样?你说呢?"马洛听见那些白人在谈论。

"接触他们的时候,我们要发挥如神明所具的威力。"库尔茨在给国际抑止蛮风协会的报告中如是写道。他这里指的是武器,它们提供了神明的威力。

在吉卜林的诗句里,帝国主义的任务是一种道德责任。这也是库尔茨的报告所表达的。它通篇充斥着吉卜林式的修辞,在那长篇大论中,只有一个注脚让我们看到,帝国主义的任务到底是什么,无论对库尔茨还是对基奇纳,无论在内陆贸易站还是在恩图曼,这个任务都是"消灭所有野蛮人"。

去塔曼拉塞特

59

往返于因萨拉赫与塔曼拉塞特之间这段四百英里路程上的大巴是梅赛德斯卡车改装的,为了能在沙尘中比较醒目而被涂成了橘红色。车后面的乘客舱就像一个潜水钟,只有小小的窥视孔,没有窗户。里面热得可怕,拥挤不堪,无疑也没有减震弹簧这类东西——你不得不靠自己的身体来减震。

我像往常一样感到害怕。可当出发时间无法再推后,当我背着沉重的行囊站在黎明里,蹲下身子准备往下跳的时候,我再一次被身在那里的幸福所鼓舞。

撒哈拉就像一幅粗帆布一样铺展在我面前。我要做的只是跳下去。

这一天是在白色的沙丘之间开始的。圆锥形的沙丘仿若精致的搅打奶油。饱受沙子磨砺的路牌上的交通标识几乎已被磨灭。

当路变换方向的时候,沙子也改变了颜色。白色的沙丘变成了灰色、黄色、红色、棕色,甚至黑色——当光线从另外一个角度照过来的时候。

接着第一座山脉出现了,乌黑的、蓝紫色的,仿佛被烧过一样。它风化严重,周围是大量滚落的碎石,就像从某个巨大的熔炉耙出来的矿渣一样。偶尔有几棵柽柳,大部分都枯死了。司机停下来,把它们捡起来夜里烧火用。

大巴停在阿拉克过夜,那里有一个很小的自称餐厅和旅馆的咖啡馆。人们两两睡在草屋里,床垫就直接放在沙子上。在手电筒的光亮下,我读起了赫·乔·威尔斯的《时间机器》。

这本书康拉德也曾读过。我发现他从威尔斯那里学了很多东西。

60

从地图上看,过了阿拉克路好像会变得好起来,不过无论是用一挡、二挡还是四轮驱动,都是同样膨压式的磨砺。车子径直开进沙漠，在大约一公里宽的车辙区域之内，不断地在杂乱的车辙中寻找最容易走的路线。

地平线上时不时会出现其他车辆扬起的巨大烟雾。临近中午，烟雾与夜风吹起的沙云混合在一起。它们包裹着落日，从这团沙雾中偶尔可以看见山脉和柽柳的轮廓。

那些岩石很古老，形状常常像从山脊上掉落的椎骨。接近塔曼拉塞特的地方，到了阿哈加尔山区境内，山峰更高，山体的岩心的阻力更大——即便如此，这里的景观依然证明了风力侵蚀那可怕的威力。你在一个碎片般的沙漠里穿行数英里，寻找一个无法挽回的破碎的现实。

当我在镜子里看到自己的脸的时候，我吓了一跳。连我也暴露在了那些侵蚀力量——日光与风，炙热与寒冷——之下，暴露在那些让群山解体的力量之下。

61

塔曼拉塞特是阿尔及利亚南部的中心城市，一座通过过境交通、难民流和走私货物而与邻国尼日尔和马里保持密切联系的国际化城市。

欧洲的沙漠探险者和旅行者，大家迟早都会来到塔曼拉塞特，然后无一例外都会在塔哈特酒店的走廊里迷失方向。

酒店的建造者对于对称有一种过度的偏爱。酒店有十六个一模一样的基点，一模一样的走廊从这些基点向四面八方辐射出去。

前台大喊我有"瑞典"打来的电话时，我正在这迷宫中四处乱窜，就像一只受到过度刺激的实验鼠。终于，我找对了地方，却也累得上气不接下气。我可以听到电话里自己那极度夸张的喘息声，在瓦尔格拉、阿尔及尔与巴黎的中继站之间来回穿梭。我女儿的声音被这巨大的回响所淹没，变得比耳语还要微弱。我被自己的回声战胜，最后不得不放弃。

有一位酒店保洁员，她身边带着一个小孩。她把孩子放在工具间的石地板上，然后自己去工作。孩子从早上八点一直哭到后半下午，这时他已筋疲力尽，只能发出几声可怜的呜咽。

如果躺在那里撕心裂肺哭喊的是一个成年人，那么我们会等多久才做出反应？可是孩子，每个人都知道孩子会哭，每个人似乎都觉得那再自然不过了。

62

你是在你的后背上感受到了失落。

你的正面可以保持体面。别的不说，你的脸至少可以面对镜子中的自己。寂寞的是你的后颈。

你可以抱住你的肚子，可以趴在上面转圈。然而你的后背依然孤单。

这就是为什么海妖和精灵被描绘成背部是中空的原因——从来没有人会用自己热乎乎的肚皮从后面贴紧他们。相反，在那里发挥效用的是那把名为孤独的凿刀。

你不会遇到孤独。孤独总是从后面追上来，抓住我们。

63

康拉德七岁时失去母亲，十一岁时失去父亲。他从波兰移民到法国，又从法国移民到英国。他在十六艘不同的船上服过役。每换一个国家或是一艘船，他必须找到新的朋友，或者继续忍受孤独。

然后他把船员的孤独替换成了作家的孤独。他的妻子是他的管家。他从朋友那里寻求体谅与肯定。

康拉德最年长的一位英国朋友叫霍普，他住在一个叫斯坦福勒霍普的小村庄。康拉德婚后和妻子搬去了斯坦福勒霍普，以便跟朋友住得近一些。

马洛把库尔茨的故事讲给四个朋友组成的一个小圈子听。这是康拉德一辈子都在向往的那种朋友圈子。一八九八年，他似乎终于找到了它。

当他开始动手写《黑暗之心》的时候，他刚刚离开斯坦福勒霍普，搬到肯特郡的彭特农场，由此也进入了一个彼此住得很近的作家朋友圈子。这些作家友人都是马洛故事的隐形听众。

64

我拼凑了一张桌子，准备开始工作，可是侵入磁盘的灰尘成了大问题。塔曼拉塞特干燥得就像北京的早春，既干燥又多风，始终笼罩在一团自己的尘埃里。

就像北京的风带来了戈壁的沙尘，这里的风也带来了撒哈拉的——这同一片沙漠穿越了利比亚和埃及，中东和伊朗，经由巴基斯坦俾路支省和阿富汗北上中国新疆，然后从那里再到戈壁。绵延了好几百万平方公里的沙尘似乎有自己明确的意志，它们决心前往塔曼拉塞特并在我的磁盘上聚集。

一群又一群的动物和人源源不断地跨过干涸的河床，那里是塔曼拉塞特的"海德公园"。疲惫的骆驼垂下脑袋，吹走沙尘，看里面是否藏有可食用的东西；耐心的山羊啃食着碎纸片。

女人们顶着重物走来，不是像在因萨拉赫那样顶在胯上，而是顶在头上。成群结队的男孩在四处闲逛，每走一步都会撕开一团尘埃。如果说公园是城市的肺，那么这里是一个集尘袋。

不过塔曼拉塞特有一大特色。它有一条路，一条货真价实的高速公路。必要时，你可以穿着擦得锃亮的皮鞋，经由它穿过河床。它是为军队保留的。

一个军官正经过这座桥去往邮局。他身边跟着四个男人,他们穿着白色的系带鞋子,戴着白色头盔,头盔的带子系在鼻子下面。到了邮局外面,这些人原地踏步,而他走过他们,问邮局要了一枚邮票,用口水把它粘好。然后往前迈了六步,原地踏步,把信寄出。随后他们一起带着同样庄重满足的表情列队离开。

而我用一种较为朴素的形式,把我那一小封信塞进了邮筒里。

65

塔曼拉塞特的理发店的橱窗上贴着一张猫王的海报,还有一张阿尔及利亚国家足球队的海报。在等轮到我的次序时,我一边读威尔斯,一边听阿尔及利亚广播电台三套的广播。

理发师像剪羊毛一样剪掉那个黑人男子的头发,没多久头发就所剩无几。还有一位个头矮小、穿戴讲究的军官学员,他的头发被吹风机和剃刀弄成了一个薄薄的帽子的造型。

轮到我时,我坐在理发椅上,努力用手势告诉他我只想稍微剪短点。然而,他让我的头发只剩下我想要剪去的那一点点长度。

随后,我慢悠悠地返回酒店,在阴影之间蛇行。我想,我知道我该如何继续下去。

康拉德创作《黑暗之心》时,不仅受到刚果辩论、基奇纳归来和当时其他事件的影响,同时也受到一个文学的世界、一个文字的世界的影响。在那个世界里,吉卜林是对手,是另一极,但另外几位作家对他来说意义更大:亨利·詹姆斯、斯蒂芬·克莱恩、福特·马多克斯·福特,以及最重要的,赫·乔·威尔斯和罗·邦·坎宁安·格雷厄姆。

朋友们

"杀死那些畜生。"

66

威尔斯《时间机器》(一八九五年)中的时间旅行者把我们带到一个未来世界,那里的人类大家庭将自己分成两个物种:美丽脆弱的地上居民埃洛伊人和生活在地下的黑暗生物莫洛克人。

这就像杰基尔博士和海德先生孕育和创造了两个不同的家庭,各自居于未来之中。就像一个人的超我和第二自我被分开,各自创造了属于自己的人民。就像"最黑暗的英国"的工人阶级被迫居于地下,并在那里创造了另一个种族。就像"最黑暗的非洲"的居民在真正的帝国之心过着地下生活。

在以上各种潜在的解读中,最后被提及的才是推动故事发展的那一点——莫洛克人被发现是食人者,而且他们拥有权力。美丽的地上居民不过是食人者们捕获、宰杀和享用的肥美的牲畜。

憎恶和恐惧控制了时间旅行者。他渴望杀死莫洛克人，他想直接下到黑暗中去，"杀死那些畜生"。

威尔斯笔下的杀戮让人既恐惧又兴奋。时间旅行者坐在黑暗中睡着了，当他醒来时，莫洛克人正压在他身上，软不溜秋，令人作呕。他抖掉身上的"人鼠"，开始四处挥打。他很享受那种挥舞的钢管撞击多汁的肉身并敲碎骨头的感觉……

67

彼时最重要的哲学家是赫伯特·斯宾塞。他从小就受到严格的教育。对于斯宾塞来说，这种教育的准则成了生命最深处的秘密。所有生命体都在惩罚机制下被逼迫去进步。大自然就像一个巨大的教育机构，在那里，无知和无能会受到贫穷、疾病和死亡的惩罚。

时间机器是斯宾塞进化理论的一次实验。这部小说展示了，也正如时间旅行者所说的那样，人类如何通过将孕育了智慧与进化的痛楚最小化而"自取灭亡"。

威尔斯的下一部作品——我们知道康拉德也读过——叫《莫罗博士岛》(一八九六年)。在这部小说中,威尔斯探讨的是一种相反的可能性:将痛苦最大化,由此来加快进化。

莫罗博士用他的外科手术技术,试图从动物中制造出一种人类。他折磨那些动物,这样痛苦就会加快它们的进化速度:"每当我把一只活物浸入烈火般的痛苦之中,我会说,这一回,我要烧尽动物的痕迹;这一回,我要造出只属于我自己的理性生物。毕竟,十年算什么?人类进化用了十万年。"

莫罗博士创造了一百二十个生物,其中一半已经死了。但他还是没能成功地创造出来一个真正的人类。一旦莫罗博士把手从这些生物身上拿开,它们就会恢复动物性。它们的动物性在夜里、在黑暗中最为强烈。一天夜里,一头美洲狮挣脱了束缚,杀掉了折磨它的人。怪物们发动叛乱,夺取了岛上的控制权。故事的叙述者看着它们的毛一天天变得越来越多,它们的额头变得越来越低,它们用咆哮代替了说话。

当叙述者逃回文明世界时,他看到了同样的情况。在他看来,人们似乎正在遭受折磨，很快就会恢复四肢行走。他选择了星空下的孤独。"正是在群星闪耀的夜空中，我们体内那超越动物本性的部分，一定会找到慰藉与希望。到这里，在希望与孤独之中，我的故事就结束了。"

《莫罗博士岛》可以被当成一个殖民主义故事来读。就像殖民者用河马皮鞭来教化低等的、动物性更强的种族一样，莫罗博士用痛苦的折磨来教化那些动物。就像殖民者试图创造一种新的生物——文明的野蛮人——一样，莫罗博士试图创造一种人化的动物。二者采用的方式都是恐怖行动。就像库尔茨那样，他教导他制造出来的生物把他当成神明一样来崇拜。

68

在《海隅逐客》(威尔斯一八九六年五月曾评论过此书)一书中，康拉德将对殖民主义者的批判集中于一个"隐身的白人"形象。也许正是康拉德启发了威尔斯，让他写下了又一个关于殖民主义的故事《隐身人》。

这本书讲的是一个叫肯普的人的故事。他因为一次过于成功的实验将自己隐身,但不知道如何让自己重新被人看见。

起初他对自己的处境感到绝望,但很快他意识到可以利用这种处境。因为没有人能看见他,他可以不受惩罚地实施任何暴行。没有人能阻止他杀死任何反对他恐怖统治的人。隐身让他丧失了人性。

"他疯了,"肯普说,"丧失了人性。他那是纯粹的自私。"

"纯粹的自私",康拉德向出版商描述《黑暗之心》的主题时用的也是这个词。

殖民地中代表文明的人是"隐身的",这不仅仅指他们的武器可以远距离杀人,它还有另外一层意思:在家乡没有人真正知道他们在做什么。由于距离遥远、通信不畅,以及捉摸不清的丛林,使得他们能在不受国内制约的情况下实施帝国的强权。在看不见的地方,他们如何使用权力?当不再有人看见他们之后,他们自己会有怎样的转变?

查尔斯·迪尔克在一八九六年夏发表的《文明在非洲》中已

经对这些问题有所讨论。一八九七年,由于本杰明·基德发表在《时代》周刊上的几篇文章,以及一八九八年这些文章以《控制热带》为名成书出版,这些问题被重新拿出来讨论。跟以前一样,威尔斯也参与了讨论。

康拉德从迪尔克那里发现了这个主题,他由此切入并创作了《文明的前哨》,故事讲的就是两个无赖如何在没人看见的情况下变得越来越没有人性。康拉德发现这个话题在威尔斯那里也有塑造,他再次用作品作出了反应。库尔茨是康拉德的"看不见的人"。

他刚刚读了这本书。一八九八年十一月十七日,他问威尔斯是否可以给他寄一本《隐身人》,因为他自己那本弄丢了。十二月四日,在写给威尔斯的信中,他热情地称赞了这本书。圣诞节期间,他写信给他年轻的亲戚阿尼埃拉·扎古斯卡,敦促她读这本书。《隐身人》也是康拉德在创作库尔茨的故事时刚刚读过的书之一。

也就是说,在他写作《黑暗之心》的过程中,他脑子里仍然想着这本书。

69

给扎古斯卡的信还推荐了威尔斯的新作《星际战争》(一八九八年)。这本书对殖民主义的批判更为明显,也许因为它创作于禧年[①]一八九七年,当时英帝国正沉浸在自我满足的狂欢之中。

在威尔斯的小说中,伦敦遭到了一种外星统治物种的入侵。火星人生活在永久的严寒中,这使他们的大脑变得更加敏锐,让他们能够发明出太空飞船和死亡射线。他们将伦敦一点一点裹进一团黑色气体中,裹进无法穿透、无法抵抗的致命黑暗之中。

小说中充斥着在《黑暗之心》中也具有标志性含义的字眼:"黑暗""黑色""消灭""野蛮人""恐怖"。

火星人的武器"像一只无形的手"那样实施杀戮。它们胜过

---

① jubilee year,庆祝女王登基的周年庆典年,1897年适逢维多利亚女王在位60周年。

英国人的武器，就像英国人的武器优于那些有色人种的那样。就像英国人认为自己有权征服低等种族的领土，火星人也认为自己有权从他们视为低等动物的人类手中征服地球。威尔斯写道：

> 你可能会批评火星人这样做太不道德。可你别忘了，人类也干过这样残忍的勾当。被人类赶尽杀绝的，不仅有欧洲野牛和渡渡鸟，还有族内同胞。欧洲殖民者曾对同为人类的塔斯马尼亚人实行种族围剿，在短短五十年间将整个民族从地球上抹去。假如火星人抱着同样的信念侵略地球，我们有资格打着仁慈的旗号去批评他们吗？

在伦敦地区，人类很快被消灭，除了少数几个掉队者之外。叙述者在帕特尼山上遇到了他们中的一位。他建议在下水道里继续生存和抵抗。危险在于，那样的话，人类将会变成野蛮人，将会退化成一种巨型的野生老鼠。极端的情形导致了极端的解决方式："我们绝不收留弱小或愚蠢的人。生活又会现实起来,无用的、捣乱的拖油瓶只能去死。他们本就该死,要有自知之明,毕竟活着玷污种族,是对种族的背叛……"

写出这段话的那一年,小阿道夫·希特勒八岁。

疟疾之谜在一八九七年被解开,那正是威尔斯写他的小说的时候。如同疟疾在很长一段时间里是原住民抵御白人征服者最好的屏障一样,在小说中,细菌成了人类抵御火星人的屏障。是细菌拯救了人类。火星人征服了整个地球,却成了地球上最渺小、最微不足道的居民的牺牲品。

威尔斯警告说,我们不应该仅仅因为我们曾经取得过成功,就认为未来属于我们。"我再说一遍,就世上曾处于统治地位的物种而言,其完全占据统治地位的时刻便是其被彻底推翻的前夕。"

70

威尔斯知道自己在说什么。他曾跟着托马斯·赫胥黎学过生物学和古生物学。他的科普文章展现出他对灭绝主题的特殊兴趣。

《论灭绝》(一八九三年)讲述了生物科学领域"最悲伤的一章",讲述了挣扎中的生命那缓慢而不可阻挡的灭绝。

在地质博物馆的长廊里,承载了灭绝的记录被刻在石头上,比如载域龙。无论是由于某种气候变化、某种神秘的疾病,还是某种诡秘的敌人,导致这些巨型爬行动物的数量不断减少,最终彻底消失。

在古生物学这幅浩瀚长卷中,有关灭绝的记录占据了半壁江山。整个目科属种全都消逝,没有在世上现存的动物群中留下任何痕迹和传统。

很多博物馆的化石都被标记为"所属关系不明"。它们只是暗示某种已灭绝的亚界,其形态动物学家根本无从知晓。它们是一根根食指,指向深不可测的黑暗,指明了一种存在,那就是"灭绝"一词。

即便在当今世界,灭绝的力量仍然在发挥作用。在过去的几百年里,人类蜂拥至地球各处,将一个又一个动物物种推下悬崖边缘。不仅仅是渡渡鸟,还有其他数以百计的科属种。

其中灭绝得尤为迅速和彻底的当属野牛。海豹、格陵兰鲸和很多其他动物也遭遇了同样残酷的命运。它们明白发生了什么吗?这些被征服和正在消失的物种中最后的幸存者们——它们的心里会感觉到孤独的寒意吗?

它们的处境几乎超出了我们的理解能力,威尔斯写道,我们的地球温室仍然挤满了人类,我们的未来明显被鲜活的人类生命填满。我们所能想象的最可怕的事情,无疑是荒凉地球上的最后一个人类,孤零零地面对摆在眼前的人类灭绝。

71

大百货商店里的空气干燥,我感觉呼吸越来越困难。他们把我带去"吸入室",那里的空气就像温室里一样潮湿,肺里顿感柔和舒适。在那里待了一会儿后,我感觉恢复不少。可一出来,置身干燥的空气中,我又变得呼吸急促,只能赶紧回到吸入室。可短短一会儿工夫,里面完全变了样。房间空了,里面没有一个人,没有设备，什么都没有。

"我想要吸入室。"我说。

"您走错了，"一个看不见的喇叭回答，"这里是歼灭室。"

"我不明白。"

"二者有很大不同，"那个没有感情的声音解释说，"你在这里被歼灭。"

"是指？"

"这是毁灭室。所有生命在这里终止。终结。"

这些话像慢镜头下的爆炸一般在我心里缓缓炸开。它们的意思像降落伞一样慢慢展开，在脑海中缓缓下沉，最终落到突如其来的觉醒上：我将不再存在。一切业已结束。

72

一八九七年四月，在威尔斯创作《星际战争》的时候，一份叫《社会民主党人》的英国报纸发表了一篇带着同样尖锐的讽刺和同样叛逆的悲观主义色彩的故事。那篇文章的标题是《该死的黑鬼》。

上帝为什么创造人类？是出于粗心还是心存恶意？我们不得而知。但不管怎样，人类存在了，黑种人、白种人、红种人，还有黄种人。

在人类历史早期，生活并奋斗着亚述人、巴比伦人和埃及人，可上帝一直在瞄准那些不同的、更好的存在。

他让希腊人和罗马人从野蛮的黑暗中脱颖而出，好为从一开始就被选来统治人类的人种，也就是不列颠人——"狭隘的岛民，受薄雾洗礼，因其岛国性而变得偏狭，因其好运和财富而膨胀"——铺平道路。

在非洲、大洋洲、美洲以及南太平洋的上千座岛屿上，住着低等种族。他们或许有不同的名字，互相之间也有细微的差别，但他们本质上都是"黑鬼"，"该死的黑鬼"。至于芬兰人、巴斯克人，或者不管对他们怎么称呼，他们全都不值一提，他们只是一种欧洲黑鬼，"注定要消失"。

黑鬼就是黑鬼，不管他们有何种肤色。不过他们的原型是在非洲发现的。啊，非洲！上帝在创造这个大陆的时候必定情绪不佳。不然的话，他为什么要让非洲大陆上到处都是注定要被其他外来种族取代的人？把黑鬼变成白人，以便他们适时可以成为英国人，免去我们再去消灭他们的麻烦，这样不是更好吗？

黑鬼没有大炮，因此没有权利。他们的国家是我们的，他们的牲畜和耕地、他们破旧的家用器皿和他们拥有的一切都是我们的——就像他们的女人可以用来做小老婆，用来殴打或者交换，用来感染梅毒，用来生孩子、侮辱和折磨，用来接触"我们的无耻之徒中比野兽还恶毒的最无耻之人"。

当亚美尼亚人遭到土耳其人的侵犯时，我们的主教高声疾呼，但对他们自己的同胞犯下的更严重的罪行只字不提。伪善的英国人的心脏为所有人跳动，除了那些他们自己的帝国被鲜血淹没的人之外。创造了我们这样的人的上帝，他该不会是个疯子吧？

73

发出这声呐喊的作家是苏格兰贵族、社会主义者罗·邦·坎宁安·格雷厄姆。在南美经历了一段冒险生活后,他重返自己的祖国,开启了作为政治家和作家的新的职业生涯。

在《该死的黑鬼》发表几个月后,格雷厄姆读到了康拉德的《文明的前哨》,在对帝国主义的批判和对伪善的厌恶中他认出了一位知己。他写信给康拉德,随之开始了一段在严肃性、亲密度和深入性上都独一无二的书信往来。格雷厄姆成了康拉德最亲近的朋友。

这两个朋友总是忠实地赞扬对方的故事和文章,不过有一回,康拉德的反应比平时强烈得多。那是一八九八年六月他读到问世一年多的《该死的黑鬼》的时候。

写得好,他写道,非常好,但是……(此处他转换成法语)但是,我亲爱的朋友,你样样都想抓,你的思想就像流浪的骑士一样四处游荡,而它们本该凝聚起来,形成牢固且具有穿透力的阵列。

"还有,为什么向已经皈依的人布道?"康拉德继续道,"我正在坠向愚蠢。有关荣誉、正义、同理心和自由的思想没有皈依者。

有的只是人,不知道、不理解、无感情的人,以话语自我陶醉,不断重复那些话,把它们喊出来,想象自己相信那些话——实际上除了利益、个人好处和自我满足之外他们什么都不信。"

康拉德一八九六年夏天对话语所做的批评——再伟大的话语也不过是声音而已——在这里被重申,并得到强化,演变成极度的绝望:"那些话语飞走了——什么都没留下,你明白吗?完全没有,你这个有信仰的人啊!一点也没有。一瞬间,什么都没留下——除了一抔尘土,一抔冷的、死的尘土之外,它被扔进黑色的太空,绕着熄灭的太阳旋转。什么都没有。没有思想,没有声音,也没有灵魂。什么都没有。"

74

康拉德称格雷厄姆是一个"有信仰的人"。

康拉德既不想也无法跟格雷厄姆的社会主义(或者一般意义上的政治)产生任何关系。他是他父亲的儿子,他知道政治会导向何处。它杀死了他的母亲,击垮了他的父亲,让他沦为孤儿,迫使他流亡海外。

格雷厄姆在他的国家身份的庇护下，也许有能力参与政治。而康拉德作为一位流亡作家，他没有这个能力。他也许钦佩和热爱格雷厄姆身上所体现出的他自己父亲的政治主张，但他也痛恨它们，永远无法原谅它们对他父亲所做的一切。

时至今日，还有谁可以被称为"有信仰的人"？这个物种似乎已经灭绝。但是格雷厄姆留下的问题依然清晰可辨，跟他的绝望一样。唯独他的信仰和他的希望从我们身上消失了。

75

一八九八年十二月一日，康拉德读了格雷厄姆新近出版的游记《马格里布—埃尔—阿克萨》。在十二月四日给格雷厄姆母亲的信中，康拉德写道："这本书记录了一场世纪之旅。自理查德·弗朗西斯·伯顿的《麦加》以来，还没有哪本书写得像这本这么好。"

十二月九日他给格雷厄姆本人的信是这样写的："这是一部个

性强烈的作品,从一开始就给读者留下了深刻印象。除此之外,它亦不乏技巧、共鸣、幽默、机智、愤怒……它一定会给你带来物质上的成功。但谁知道呢?毫无疑问,它太棒了。"

格雷厄姆的书是康拉德十二月十八日着手创作《黑暗之心》时才读过的书之一。

《马格里布—埃尔—阿克萨》的叙述者转向那围着夜晚篝火躺着的一圈人,他们抽着烟斗,听见马打喷嚏的声音时便停下正送往嘴边的镀锡铁皮杯子。他相当于坐在水手中间的马洛,只不过不同于马洛,他是个马背上的男人。

他说,他只讲他所看到的事情,不去挥舞旗帜,也不假装要履行某种伟大的道德使命。关于帝国、盎格鲁-撒克逊一族的命运、基督教信仰的传播和贸易的扩张,他没有什么主张。他跟马洛一样谨慎、疏远。

他正在去往塔鲁丹特。起初他像马洛一样乘船沿非洲海岸行进,他脑子里所想的"东方"是一个当时几乎涵盖了整个非欧洲世界的概念。

"在我看来,欧洲人是整个东方的诅咒。一般说来,他们带来了什么值得带来的东西?枪支、火药、杜松子酒、劣质布料、频繁的不诚实交易、代替当地女人手编织物的劣质产品、新的需求、新的方式,以及对现状的不满……这些就是欧洲人带给东方大陆的福祉。"

摩洛哥的统治阶层"完全清楚那些有关更好的政府、进步、道德之类的主张,清楚手握权力的基督徒在考虑吞并他们的领土时对弱小国家吹下的牛皮"。有些地区已经落入外国人手中,"摩洛哥人喜欢这个事实,就像我们会喜欢怀特岛被俄国人占领一样",格雷厄姆写道。

从受威胁和被侵犯国家的视角来看待欧洲,格雷厄姆的这些尝试尽管谨慎克制,但在十九世纪九十年代非常少见且极具挑战性,以至于它们赋予格雷厄姆一个完全独立的写作者的形象。康拉德在《文明的前哨》中采取的是相同的叙述态度,后来在《黑暗之心》中,他再一次赋予了马洛同样的叙述态度。

当康拉德读到一个西方人不断深入未知与危险的非洲的故事

时，他读到的不仅仅是书里的内容。在朋友的经历之外或背后，他看到的是自己的经历。在朋友的文字背后，他看到了自己的文字，看到了他自己可以用同样的主题、同样的精神来写的那个故事，而朋友是那个故事的秘密接收者。当他盛赞格雷厄姆极为朴实的故事时，他预想的是从格雷厄姆那里得到的对自己故事的赞美——那个故事尚不存在，但他已经通过格雷厄姆的字里行间开始设想。

76

对于欧洲在"东方"的影响力，此前格雷厄姆在当年秋天发表的故事《希金森的梦想》中有过锐评。一八九八年九月，康拉德为朋友的这本书做了校对。

"这本书非常棒，"康拉德在十月十六日写给格雷厄姆母亲的信上说，"相比之下，我的作品要逊色得多，但得知您看出了其中的一些相似之处，我感到非常荣幸。我当然完全赞同这种观点。"

哪种观点？

《希金森的梦想》中写道，在特内里费岛的最后几场战役中，岛上的关切人得了一种怪病,这种病导致的死亡人数比战死的人数还要多。整个国家尸横遍野。阿隆索·德卢戈遇到了一个女人,她说:"你要去哪里,基督徒?你为什么还犹豫是否占领这片土地?关切人都已经死光了。"

这种病被称为"昏睡症"。但事实上,白人只需出现——带着他的步枪和《圣经》,他的杜松子酒、棉布和那充满慈善的心,就足以消灭那些他想要拯救于野蛮的人了。

"很显然,我们的风俗习惯似乎注定要给一切所谓低等种族带来死亡。我们强迫他们一步就跨越我们自己用了一千年才走完的距离。"格雷厄姆这样写道。

值得注意的是,格雷厄姆与当时绝大多数知识分子不同,他写的是"所谓低等种族"。在他看来,有色人种的灭绝不是因为某种生物学上的劣势,而是因为我们今天称之为文化冲击的东西——要求立刻适应一种西方文化的奇怪的变体(杜松子酒、《圣经》,还有火器)。

康拉德完全赞同的,正是这种观点。

77

一八九八年秋,康拉德开始创作小说《救援行动》。这是一部运气不佳的作品,直到几年后才问世。

《救援行动》讲的是一个既高贵又有骑士风范的帝国主义者的故事,讲他如何冒着生命危险去帮助一个曾经救过他的命的马来朋友。它的主题与《黑暗之心》的正好相反。这部小说给康拉德带来了无尽的痛苦,有好几次把他推向了自杀的边缘。

同时它写得非常糟糕。我之所以关注它,只是因为小说中的特拉弗斯先生在某个段落中"慷慨激昂地"说出了下面这番话:"如果低等种族必须毁灭,那么这将是一场胜利,是朝进步的目标——社会之完美——迈进了一步。"

这段话出现在小说的第三部分,这意味着康拉德一定是在校对《希金森的梦想》期间写下它们的。这两篇文字都提到了一个广为人知的概念,即那些"所谓低等种族"必须为"进步"做出牺牲。

值得注意的是，说出这句话的人是小说中的特拉弗斯先生，而他的这番慷慨陈词立刻就跟"终极黑暗之降临"挂上了钩。

78

对于希金森来说，一切进展顺利。现在的他已经非常富有，生活在努美阿——那个他从野蛮之中拯救出来的群岛。

希金森在岛上度过了他的青年时代。他跟岛上的女人做爱，跟岛上的年轻人一起打猎，学习他们的语言，像他们那样生活，并认为那样的生活是最好的生活。在厌倦了自己的财富之后，现在的他常常梦想着回到离努美阿不远的一个小海湾去，年轻时他在那里有一个名叫蒂安的朋友。

就在香槟似乎喝起来平淡无味，上流生活似乎变得庸俗不堪的那一天，他回到了那里。那个地方发生了奇怪的变化，看起来似乎无人居住。他大喊着，但回应他的只有回声。他在灌木丛中劈砍出来一条路，发现一间小木屋和一个正在挖山药的男人。他问:"黑人都去哪儿了?"

男人身子靠在锄头上答道:"死了。"

"酋长呢?"

"酋长?也死了。"

康拉德读到了——不仅读到了,而且校对了——他最好的朋友写下的这个故事。那之后又过了两个月,他写下了日后成为托·斯·艾略特《空心人》(一九二五年)题词的那句话:"库尔茨先生——他死了。"

79

在小木屋里,他找到了奄奄一息的年少伙伴蒂安。一场奇怪的对话由此展开。蒂安用一些奇怪的隐喻——鸟、老鼠、雨,试图解释在他内心发生的事情。希金森回应着,仿佛那些隐喻是一种外部现实,鸟可以被射杀,猫可以放出去抓老鼠。

"没有用的,"蒂安说,"我快死了,约翰,黑人全是要死的。黑种女人不能有孩子,五百人的部落变成五十。我们飘了出去,就像同一股烟,我们消失。黑人和白人,他不能活。"

故事进行到这里,希金森便开始辱骂神明、诅咒进步,口中半是法语半是英语地大肆抨击着文明(就像格雷厄姆在《该死的黑鬼》里那样),接下来在一阵茫然中,他想起来是他自己铺了这些马路、造了这些矿场、修了这座码头,是他而不是别人为文明打开了这座岛屿……

希金森像库尔茨一样具有世界性,"一半法国人一半英国人"。简言之,他是欧洲人。像库尔茨一样,他代表了一种以种族灭绝为前提的进步,一种以"消灭所有野蛮人"为宣言的文明。

第三部分

去阿尔利特[①]

80

我该如何继续？从塔曼拉塞特往南的大巴到阿尔及利亚边界就不走了。尼日尔的大巴停在阿尔利特，离边境线一百七十英里。这一百七十英里你必须搭便车，如果不想发现自己被困在边境线上，明智的做法是在塔曼拉塞特就找好要搭的车。

我在开往内罗毕的卡车上买到了一个位子，车上坐满了年轻的澳大利亚人。我们黎明时分启程。警察让我们通过，海关却拒绝放行。

据说，阿尔及利亚要把海关搬到因盖扎姆[②]去，但工作人员都不愿意去那里。为了证明海关在塔曼拉塞特存在的必要性，长队和麻烦被制造出来。

中午时分，海关人员去吃午饭，没有给我们放行。太阳很猛，强烈的阳光撞击着脑袋。工作人员吃了很久，车辆的队伍越来越长。苍蝇嗡嗡飞舞,人们的愤怒越来越强烈。

两点半,海关人员回来了,在没给出任何解释的情况下突然全部放行。请通行!你们还在等什么?

我们面前是二百四十英里无路的沙漠,天黑前,我们赶完了其中的七十二英里。

夜晚很安静,星空晴朗,没有风,没有月亮。

"夜晚让旅人在白天受到的痛苦得到了丰厚的补偿,"儿童作家纳赫蒂加尔写道,"风停了,深蓝色的夜空群星闪耀,那是北方国家的人们只有在某个寒冷晴朗的冬夜里才能看到的星光。"

我曾读过这段文字,现在我知道了,是星星撑起了天空。太空是最大的沙漠。

81

当我们在黎明的天光中从睡袋里爬出来的时候,我们发现自

---

① Arlit,尼日尔中北部的一座工业小镇。
② In Guezzam,阿尔及利亚一城镇,与尼日尔接壤。

己身处一条很少使用的车道上,上面没有新鲜的车辙。沙子没被搅乱固然有它的好处,但如果你的发动机失灵而你又远离其他车辆,那就有可能是致命的。

说巧不巧,我们的发动机出了故障,因此我们不得不在无法给电池充电的情况下继续前行。

一堆堆白色的石子躺在深色的沙子上,就像鸟粪一样。这有违沙漠的首要法则:颜色越浅越轻,颜色越深越重。

十一点的时候,我们遇到了一个开路虎车的图阿格雷人,他提醒我们不要继续往前。前方有一座沙丘,像我们这样的重型卡车是过不去的。我们换了方向,午饭时分又回到"大路"上,也就是那些被碾得更深、搅得更乱的车辙上。

我们在几棵稀疏的柽柳下吃午饭,然后出发进入臭名昭著的狮子沙丘。

沙漠中经常可见许多汽车残骸,因为没有湿气的锈蚀,它们会永远躺在那里。不过,狮子沙丘才是汽车真正的墓地。对很多人来说,试图驾驶普通轿车穿越沙漠是一项运动,而这种尝试通常就在这里终结。

风沙很快将油漆剥落,最后连金属本身也将被磨灭,前提是流动的沙丘没有将汽车骨架掩埋,就像它们过去埋葬死去的骆驼骨架那样。

我们在维瓦尔第《四季》的乐符中穿过这片风景。磁带的声音不停地被一些三流喜剧演员的录音打断,就是那种有关贫穷的童年,以及"除非某个有钱的混蛋放个屁,否则就吃不上一顿热饭"的笑料。他们的屎尿屁喜剧奇怪地融合了恐女、厌女以及反智主义。

"我姐夫是那种有文化的混蛋,你知道吗,新婚之夜他躺在那里读书,都没有碰我姐姐,而是用手指沾着口水翻书……"

但即使是在这帮人中,也有在卡车车斗上一坐好就拿出书来的读书人。他们一直坐在那里读书,直到该下车时才把眼睛从书上拿开。他们沉浸在书中,即便穿越沙漠,也没有屈尊去看它一眼。

另一些人是"侦察员",他们爬到最高处以得到好的视野,不停地指给大家看新的猛禽、长途卡车、形状奇怪的山或者骑骆驼的图阿格雷人。

车上的舞者把音乐开到最大，随着卡车在沙坑里起伏而加上自己的律动与摇摆。摄影师始终举着相机做好准备，只通过镜头来感受沙漠。

下午单调乏味，无事发生。我们在格拉·埃卡尔扎营，这是一组奇怪的、可能是火山岩组成的岩石群，让人联想起瑞典哥得兰岛上的石柱。它们有着深深的沟痕，像海绵一样有裂纹且多孔，但同时又像金属一样坚硬，明显比它们周围曾经存在过的任何东西都更有抵抗力。如今那些东西都消失不见了。

82

因盖扎姆边境站的名声不好。那里流传着不计其数的故事，诸如盛气凌人的警察和海关人员不断找新借口把人送回塔曼拉塞特或者最好是阿尔及尔之类。另一些人据说被迫站在烈日下等待，从十点警察出去吃午饭时开始，一直站到四点半警察午睡后回来。

所以我们做了最坏的准备。我穿着深色的西装和干净的白衬衫，打着领带，作为卡车上唯一会说法语的人，我分到的任务是找一个合适的聊天话题。

于是我说，待在与世隔绝的因盖扎姆，暴露在酷热、沙尘和来自难民营的感染风险之中，只为了那百分之三十一点五的津贴，心知肚明在六百六十英里外离阿尔及尔更近、位置相对更中心的因萨拉赫工作的人可以拿百分之三十五的津贴——仅仅因为他们离省会塔曼拉塞特更远，这难免会让人不快。我指出，这种工资待遇上的不平等真是天理难容。

那之后，无论在警察还是在海关那里，我们都没有再遇到任何麻烦。他们加班加点，赶在午饭之前放我们过关。

一过边境站，就是一片艰难的沙丘地区。随后的砾石平原非常平整，以至于出现了美妙的海市蜃楼。我们感觉穿过了一大片岛礁，新鲜的水在阳光下闪闪发亮，十分诱人。

83

经过一两个小时的旅程之后，远处地平线上出现了参天大树。

阿萨马卡到了。

你渴望在沙漠中看见树木，不仅是因为它们提供阴凉，还因为它们向天空延伸。地平则天沉。树木如此高大，然而又有如此广阔的向上的空间，它们用这种方式撑起了天空。树木制造了空间，让我们感知到了太空。

一个边境警察坐在一间泥筑的小屋里，小屋就像拾废品人的废品间：磨光的轮胎、破损的收音机、布满灰尘的破布头、发黄的印刷品、有裂口的杯子、半个灯罩和一根警棍。处于这一团杂乱中心的，是一张他睡觉用的床、一张他工作用的桌子和一台他平时收听的晶体管收音机。

他的工作包括检查入境人员是不是携带了相当于三千法郎的现金或者一张有效的回程机票。跟人们说他们太穷了，以至于不能去世界上最贫穷的国家之一旅行，这是一项需要技巧的任务。让自己的财务能力接受评估，对于很多人来说，就跟把自己的性能力拿出来公开讨论一样敏感。但他仍旧以良好的幽默感和判断力，动作迅速、态度友善地完成了这个任务，哪怕是在没有计算器，必须在脑子里将所有货币换算成法郎的情况下。面对那么多人，自然需要一点时间。当我们结束时，太阳已经开始在地平线上挣扎。

离那里不远有一个酒吧，是我离开塔曼拉塞特之后遇到的第一个酒吧。一瓶尼日尔啤酒的价格大约是一瓶阿尔及利亚啤酒的一半，但瓶子有两倍之大。啤酒似乎要多少有多少。有人先是为大家一人点了两瓶，随之开启了合唱、演讲、哄笑、扭打、饮酒歌和有节奏的拍手声组成的狂欢。

酒吧在午夜打烊时，十八个啤酒狂人冲向卡车，每只手里都拿着一瓶啤酒，一边叫着，一边大笑，直奔黑夜而去。六英里、十二英里，也许十八英里，然后把卡车停在沙漠中某个地方继续狂欢——在黑暗中互相追逐，打滚，喝酒，打架，做爱，咯咯笑，打嗝，呕吐，直到凌晨，所有人横七竖八地在沙子上睡去了。

84

我被帐篷像鞭子一样拍打的声音吵醒了。起风了。时间是四点钟。所有东西都被沙子覆盖：睡袋、记事本、旅行箱，还有我的身体。眼皮像砂纸一样摩擦着眼球，空气厚得让我无法呼吸。

我很害怕。我不敢继续躺在睡袋里，害怕自己睡着后会被沙子掩埋。我爬过去，试图往外看。帐篷就像气球一样鼓胀起来，几乎升离地面。卡车不再可见。一切都消失了。手电筒的光无力地照在厚厚的沙子上。

我穿好衣服，把睡袋像被子一样裹在身上。时间一小时一小时过去。沙子在帐篷帆布上沙沙作响。各式各样的蠢话从我的脑海中一闪而过。金窝银窝不如自家的草窝。别害怕，年轻人。听闻棕榈树作响，你的椰枣掉落你的脚边。

有时我说服自己风势正在减弱，有时风势正在加强。黎明到来也无济于事，空气仍然厚得无法穿透。我像被封印在空气中一般。恐惧感越来越强烈。

我用瓶子里的水把沙子从嘴里冲出来，然后用指尖蘸水清洗鼻孔里面，好让自己呼吸得轻松一些。我该庆幸自己有水。你没看到水快没了吗？我是多么渴望一瓶矿泉水啊！

九点钟。我努力回想那辆消失的卡车之前确切的位置。所有研究过沙尘暴的人都有共识：离地面最近的地方最危险。厚重的沙子像飞毯一样滑行，较轻的沙粒弹了出来，真正扬起来的只有灰尘。

当灰尘被吹走后，沙子会继续在地面上移动，就像一朵厚厚的、低空飞行的云，有着清晰的上层表面。你经常可以看到人们的脑袋和肩膀从这片沙云上探出来，像从浴池里走出来一样，拉尔夫·巴格诺德[①]说。当地面是由粗砾石或石头组成时，云可以高达六英尺；但当地面是松散的沙子时，云通常会薄得多。

也就是说，那辆高大的卡车可能是救星！如果我没记错的话，它可能在离这里十多码远的地方，或者最多二十码。一旦上了卡车，我也许就能把头露出沙子，重新呼吸了。其他人也许已经在

---

① Ralph Bagnold（1896—1990），英国沙漠探险家、地质学家。

那里了!贵族、牧师、雄蕊和含片。还有其余全部三十一人。我也应该爬到那里去!

可如果我找不到呢?如果我找不回来怎么办?所有专家都说,遇到沙尘暴不应该移动,而应该待在原地。我待在了原地。弗雷德里克·冯·弗里森大使乘着老鼠拉的雪橇在冰上往前冲,而我留在了原地。金窝银窝不如自家的草窝。我留了下来。上帝,我的上帝,你为什么要遗弃我?

突然,就如同安德士·佩尔松的小屋在舒伯特的 C 大调钢琴奏鸣曲中若隐若现,我意识到这是我生命的最后时刻。就是在这里,我即将死去。

在斯德哥尔摩的一间男厕因吸食过量的海洛因而死,或者在撒哈拉沙漠的沙尘暴中因吸食过量的沙漠浪漫主义而死,二者一样愚蠢。你好,我是黑天神,我是兔子!达尔文能活着出去吗?①

---

① 以上仿宋字体文字疑似作者在极限状态下的臆语。

85

"人类悄无声息地进来了。"泰亚尔·德·夏尔丹①这样描述历史的诞生。

人类悄无声息地进来了。不请自来。没有什么动静就出现了。悄无声息地到来。

人类又该如何离去？同样悄无声息吗？

丝绸、天鹅绒、破布、布头。尖叫有什么用？

只能等待，直到结束。

86

死亡没有包含在我所受的教育中。

中学十二年，以及在各所大学学习的十五年里，我从未受过任何关于死亡艺术的教育。我甚至觉得死亡都不曾被提及。

---

① Teilhard de Chardin（1881—1955），中文名德日进，法国哲学家、神学家、古生物学家。

即便现在,在到达阿尔利特,睡了一觉,洗了澡,为身体蓄满水分之后,在恐惧已经松开抓住我的手之后,让我觉得奇怪的是,死亡依旧从未被提及。

挪威哲学家滕内森说过,思考死亡以外的任何事情都是逃避。

社会、艺术、文化、整个人类文明都只是逃避,只是一场大规模的自欺欺人,其目的是让我们忘记我们一直在空中下落,每时每刻都离死亡越来越近。

我们中的一些人只要几秒就抵达死亡,另一些人几天,还有一些人几年——但这没有区别,时间点无关紧要,重要的是结局正在等着我们所有人。

那么,在我人生剩下的时间里我该做些什么?

滕内森的建议——如果我没记错的话——是完全消极地应对。什么都不做。因为我们终究无法避免那不可避免的死亡,它让去往死亡路上的一切都变得没有意义。

他相信,所谓出生,就是从一栋摩天大楼上跳下来。但人生并非像从摩天大楼上跳下来。你拥有的不是七秒钟,而是七十年。

这足以让我们去体验和实现很多事情。

生命的短暂不应该让我们麻痹，而应该阻止我们消极和漫不经心地生活。

死亡的任务迫使人类进入本质。

这是我在还不到三十岁时的感受，我距离下面的铺路石还很远。我甚至看不见它们。现在我看见它们正朝我冲上来，我感觉自己在一头栽下来。

这时我意识到了自己教育中的缺失。为什么我从来没有学过如何面对死亡？

居维叶的发现

"智力较弱的种族将被灭绝。"

87

一七九六年一月二十七日,年轻又有抱负的乔治·居维叶——时年二十六岁,刚刚来到巴黎——在新近开放的法兰西学会发表了他的第一场演讲。

居维叶是一位充满活力又极具魅力的演讲者。彼时彼地他拥有绝佳的机会,让自己在科学界,尤其是追捧科学演讲的巴黎社会扬名立万,如果这些演讲足够轰动的话。

居维叶引起了轰动。他谈到了猛犸象和乳齿象。这些巨大的象科动物的遗迹刚刚在西伯利亚和北美洲被发现。居维叶展示了它们既不属于印度象也不属于非洲象,而是属于它们自己的、已经灭绝的象种。

88

"已经灭绝的"——这才是让听众毛骨悚然的地方。

在十八世纪，人们仍然相信宇宙是一个现成的存在，无法再加任何东西进去。对于人类心境的平静来说，更重要的也许是，任何东西都无法从宇宙中被减去。上帝创造的所有生物仍然在他所创造的宇宙中，不可能消失。

那么，该如何解释自古以来一直困扰人类的巨大骨头和奇怪的动物般的石头？长久以来，科学家们一直在回避这个令人痛苦的想法，即那些遗迹可能来自已经灭绝的动物物种。"如果自然链条上的一个环节丢失，"美国副总统托马斯·杰斐逊于一七九九年写道，"那么一个接一个环节就会丢失，直到整个系统逐渐消亡。"

居维叶唤醒和挑战的，正是这种恐惧。

89

这种可能有物种已经灭绝了的想法，唤起了人们内心如此强烈的抵触，以至于他们花了一百多年才接受了它。

一七〇〇年，丰特奈尔[①]谨慎地暗示，也许存在已经"丢失的"物种。就好比大自然母亲一走了之，将它们丢弃。

半个世纪后，布丰[②]在他的《地球理论》中讲到了一个"消失的"物种。也许它误入歧途，再也找不到回家的路。

居维叶说的不是大自然的疏忽，他说的是一种罪行，一场大屠杀。他的濒死物种不是走丢或者消失，它们是被毁灭、灭亡、杀害的生物，不是一个接一个，而是被巨大的、反复发生的灾难集体毁灭、灭亡、杀害。居维叶称这种灾难为"地球的革命"。这无疑给刚刚经历了法国大革命的听众留下了深刻印象。

那天公民居维叶真正展示的，其实是法国大革命的恐怖统治。他的听众勉强从这场统治中幸存下来，但许多其他古老的大家族被彻底消灭。在遥远的过去，地质学领域曾发生过类似的现象，

[①] Bernard le Bovier Fontenelle（1657—1757），法国散文家，擅长以通俗易懂的方式处理科学主题。

[②] Comte de Buffon（1707—1788），法国博物学家、数学家、宇宙论者。

它永远地消灭了当时存在的一些最大的动物物种。

不仅如此，居维叶最后预测，取代灭绝物种的新生物有朝一日也会被灭绝，并被其他物种取代。

90

居维叶进步飞速，一跃成为法国科学界的拿破仑。但对于这样一个位高权重的人来说，他对阶层系统抱有不同寻常的怀疑态度。在他看来，相信生物界存在一个"阶梯"，这是最重大的科学错误之一。在他的比较解剖学课上，他这样写道：

> 我们将一个种或科放在另一个种或科的前面，这并不意味着我们认为它在自然系统中比其他种或科更完美、更优越。只有那些认为自己能够将所有有机体排成一列的人才会如此标榜。我对自然的研究越深入，就越确信这是自然史上最不真实的概念。有必要将生物个体和生物类群分开看待……

通过选择某个器官，我们确实可以构建出一长串从简单到更复杂、更完美的形式。但根据选择器官的不同，可能得出不同的阶层。相对于一个单独的"阶梯"，居维叶发现的是存在于生物之间的"关系网"，这些生物都有一个或几个共同特征。唯有通过任意选择，科学家才能在这个网络中建立一种明显的层级秩序。

居维叶知道这一点。然而，这种明显的层级秩序无形中影响了他的思想。当他在他那十六卷巨著《动物王国》（一八二七年至一八三五年）中将人类划分为三大人种时，他已经把不存在阶层系统这回事抛在了脑后。

关于黑人种族，他写道，鉴于他们突出的下颚和厚厚的嘴唇，他们更接近于灵长类动物。"属于人类变种的这一群人，始终处于一种完全野蛮的状态。"

91

在中世纪的阶层系统中，人类是一个不可分割的整体，是上帝按照自己的形象、用自己的双手创造出来的，并被置于创造阶梯的最高一层。

最早将中世纪神学中抽象的人类划分为不同的种类，并认为其中某一类更接近动物的人，是威廉·配第①。"甚至在人类中间，同样种种有别，"他在《生物的级别》（一六七六年）中写道，"我认为，欧洲人跟上述非洲人的区别不仅在于肤色……还在于……他们的自然举止和内在的思想品质。"

在这里，人类不仅被分成不同的国别和民族，还被分成了不同的生物物种。这一切好像都是附带发生的，并没有引起特别的关注。

十八世纪初，解剖学家爱德华·泰森开始寻找创造系统中缺失的一环。在《俾格米人的解剖与猴子、猩猩、人的解剖对比》（一七〇八年）一书中，泰森展示了这种灵长目动物在构造上比其他动物更像人类，而俾格米人比其他人更像灵长目动物。泰森将

---

① William Petty（1623—1687），英国经济学家、医生、科学家和哲学家。

俾格米人归为一种动物——"完全是野兽",但他们与人类如此接近,以至于"我将我们的俾格米人置于灵长目动物与人类之间的一环"。

泰森同样没能引发太多关注。直到十八世纪末,当欧洲人踏上征服世界的旅程时,种族等级观念才真正扎根。

一七九九年,居维叶首次演讲发表的同一年,一位来自曼彻斯特的医生查尔斯·怀特在他题为《人类常规分级说明》的论文中,以极具煽动性的口吻和插图的形式,第一次向人们展示了种族等级。他在其中"证明了"欧洲人凌驾于其他种族之上:"除了在欧洲人身上,我们还能在哪里找到如此高贵的拱形头颅,它里面装着如此质量的大脑?找到如此棱角分明的脸庞、高挺的鼻子和丰满突出的下巴?找到如此多元的特征和丰富的表情?……找到如此红润的脸颊和珊瑚色的双唇?"

怀特这篇论文的插图——一系列介于鸵鸟和欧洲人之间的灵长目动物和原住民的形象——具有很强的冲击力。在我的童年时代,这种插图仍然很常见。怀特的论文一经发表,便似乎被赋予了几乎不可抗拒的权威。随着欧洲武器技术的发展，这种权威在整个十九世纪不断增强。

92

我被征召去服兵役。命令状是柔和的彩粉色，看起来美味可口，仿佛上面显示的是韦德霍尔姆斯海鲜餐厅①的菜单。背景是淡淡的沙色，仿佛一座沙丘，装饰着深色的贻贝贝壳。实际的菜是蓝色的，泛一点丁香色。我定睛一看，发现那是一具尸体。死的是我自己，尸体肿胀得骇人，扭曲得骇人。

93

按照居维叶的说法，只有一种状态能够阻止化学和物理力量对人体长期不懈的分解。这种状态就叫"生命"。

对于居维叶来说，这种叫生命的状态在一八三二年席卷欧洲

---

① Wedholm's restaurant，瑞典斯德哥尔摩的一家餐厅。

的第一次霍乱大流行中已经终结。他的所有孩子都在他之前死去。居维叶这个物种已经灭绝。

巴尔扎克在《驴皮记》(一八三一年)中向他致敬。你们是否曾被居维叶的地质学著作带入无限的时空？巴尔扎克问。居维叶难道不是我们这个世纪最伟大的诗人吗？他召唤灾变，唤醒死亡，在一种溯及过往的大灾变中，我们经历了死亡世界的可怕复活，"在时间那莫可名状的永恒中，我们被赋予的那一点点生命，能给我们带来的唯有怜悯"。

居维叶就这样捕捉到了他那个时代的想象。他解剖了死亡，向人们展示了死亡不仅是个人的死亡，而且会消灭整个物种。他把巴黎人带到石灰石采石场，在那里他们可以看到他们的城市是一个巨大的集体坟墓，里面埋葬的是那些早已灭绝的生物。正如他们沉入地下那样，我们作为他们的后继者，也一样会沉入地下。我们可以从脚下踩着的土地中读出我们未来的命运。

这是一项重大的科学贡献。事实上，在居维叶死之后，这一切都和他生前已经看穿和厌恶但仍然被迫屈服的等级观念联系在了一起，但我们将这个事实归咎于他。

94

一八九二年二月二十三日，年轻的英国地质学家查尔斯·莱尔在一封信里描述了他对居维叶的拜访。他对居维叶书房里的完美秩序充满钦佩。事实上，这种对秩序的狂热可能是居维叶的一大弱点。

他在家里和学校都接受了非常严格的教育。大革命那几年的混乱加剧了他从家里带出来的那种对秩序的需求。

他一生都在化石中研究毁灭性灾难的后果，他一生都在寻找安宁和稳定。大自然像人类社会一样必须遵循不可抗拒的法则。质变让他恐惧。他本质上更倾向于毁灭而不是改变。

法国大革命是居维叶年轻时代最重要的经历，而莱尔深受英国工业革命的影响。他看到社会发生了根本性的变化，但不是通过一场灾变，而是通过数千个微小的、几乎难以察觉的变化。

莱尔撰写了十九世纪英国地质学界的经典著作《地质学原理》

（一八三二年）。在书中，他将自己的社会形象转移到了地球的地质历史上。从未发生过什么灾难，所有的地质现象都可以被解释为我们今天在周围看到的那些同样缓慢的变化所导致的结果：侵蚀、沉积、地表上升、地表下降。

那么那些大规模的毁灭呢？

按照莱尔的说法，灭绝的物种也以同样的方式经历了生活条件的缓慢变化：洪水和干旱、食物资源的减少、竞争物种的扩张。它们空出来的地方已经被那些更适应环境变化的迁徙过来的物种所填补。

灭绝的最终原因是当不利变化发生时，灵活性和适应能力的缺失。莱尔此前从工业革命之下的市场中目睹了这一缺失，如今他在自然界中也看到了这一点。

95

在阿尔利特，就在我坐在旅馆房间里写下这段话之时，我突然看见一个抬着空画框经过的男子。

透过窗户，我通常会看到截然不同的东西：站在街角用绿色的油在一个黑色的圆底铁锅里烤小薄饼的女人，挥舞着发光的金属篮子好把水烧开的茶叶贩子，几个用木棍和空罐子演奏的男孩。阿尔利特的节奏显然跟塔曼拉塞特的不同，既更加慵懒，又更加活泼，因为氛围没那么紧张。

这些通常就是我透过窗户看到的东西。但这一次，突然走过来一个身穿白袍的黑人男子，他抬着一个沉重的镶着金边的空画框。

他抬着画框的时候，画框也框住了他，只有他的头和脚露在外面。

看着画框将他切分、凸显——甚至，没错，将他拔高，让人有种奇怪的感觉。

当他停下来将画框从一个肩膀换到另一个肩膀的时候，他似乎走出了画框，仿佛这是世界上最容易的事情。

96

即使在最真实的纪录片中，也总会有一个虚构的人——讲故事的人。

我从来没有创造过比在读博期间作为研究者的"我"更偏虚构的角色。这个"我"一开始假装无知,然后慢慢地获得知识,完全不以我自己那种断断续续的、偶然的方式,而是根据规则,一个步骤一个步骤、一个证据一个证据地去获得。

"居维叶""莱尔""达尔文",他们是自己的作品里的虚构人物。关于他们如何获得自己的发现的故事只不过是一个故事,因为故事没有提及他们自身。个人化东西的省略,让科学的"自我"成了一个缺乏任何现实对应的虚构。

"我"在沙漠中所体验的现实是真实的,不管它有多浓缩。我真的身处阿尔利特。我看见了那个抬着镶金边画框的黑人。但本质上来说,我永远无法从那个画框里跨出来。

作为一名读者,一旦我看到我使用的词(或者避免使用的词,因为回避也是使用它的一种方式),我就知道我面前有一个虚构的角色。

97

达尔文搭乘"小猎犬号"军舰航行的途中带着莱尔的《地质学原理》。

一八三四年春天,他在巴塔哥尼亚发现了生活在地质晚期的巨型动物的遗迹。在没有发生过大规模的地壳抬升或沉降的情况下,是什么导致了那么多物种——甚至整个生物群——的灭绝?

"人们首先想到的是某种灾难,"达尔文写道,这里明显指的是居维叶的灾变论,"然而要把从南巴塔哥尼亚到白令海峡的动物全都灭绝,恐怕必须撼动整个地球。"

地质调查显示,不存在这种撼动的迹象。

那么温度呢?达尔文反问道,什么样的温度变化能将赤道两侧、热带、温带和北极地区的动物世界整个消灭?

"的确,在世界漫长的历史中,没有什么比地球居民如此广泛而反复的灭绝更令人震惊的了。"

但从另一个角度来看,这场灭绝就不那么令人震惊了,达尔文继续说道。人类在某个地区灭绝某个物种的时候，我们知道这个物种首先变得越来越稀有，然后灭绝。自然界中的某个物种已经稀有，而且逐渐变得越来越稀有，这不会让我们感到惊讶；那么，当它们最终灭绝的时候，我们又为什么要感到惊讶呢？

98

达尔文写道，对化石的研究，不仅能揭示生物的灭绝，而且能揭示它们的起源。

他已经知道得够多了。他现在的问题是认识到他所知道的并得出结论。

在居维叶的世界里，一开始就有一个创造行为，生命出现了；结尾有一个毁灭行为，生命被消灭了。莱尔用一些缓慢发生的微小变化取代了这种毁灭性的灾难，从而破坏了这种美好的对称。

但如果承认旧的物种会缓慢而自然地灭绝，那么为什么新的物种不能以同样的方式、出于与摧毁其前任相同的自然原因而出现呢？如果灭绝不需要灾难，那么为什么诞生需要创造呢？

正是在这种逻辑的推动下，达尔文一步一步走向了《物种起源》（一八五九年）。

99

居维叶终其一生都在跟他的同行拉马克斗争。斗争的问题是：物种能否进化？

拉马克相信物种的进化，但并未发现其进化机制——自然选择。居维叶则忠于自己的本性，坚持认为物种是不可改变的。

针对这一立场，他提出了非常有力的科学推论：假如动物物种是互相进化而来的，那么人们应该在某个地方发现已经灭绝的动物物种与现存的动物物种之间的过渡形式。因为缺少这种过渡形式，所以进化假说是错的，居维叶说。

达尔文非常认真地看待居维叶的反对理由。他写道，如果驳不倒这个理由，那么整个进化学说就不得不被驳回。

不过，达尔文认为他有一个解释。过渡形式确实存在过，但它们被新的、更适应的物种挤出局，速度之快以至于它们还没来得及在地质记录中留下任何痕迹，就已经在生存斗争中被消灭。

达尔文认为，最相似的物种之间的斗争最为激烈。"因此，一个物种改良过的后代通常会导致亲本物种的灭绝。"

所以，根据达尔文的说法，过渡形式缺失的原因在于，存在一种生物学意义上的弑父。进化不像革命那样吃掉自己的孩子，进化消灭的是双亲。

100

在一八五九年写给莱尔的一封信中，达尔文提出这样一个想法：进化过程可能也发生在人类之间，"智力较弱的种族将被灭绝"。

在《人类的由来》（一八七一年）中，达尔文公开了他的看法。今天，在灵长目动物与文明人之间存在着诸如大猩猩和野蛮人这样的过渡形式，他在第六章中这样写道。但这两种过渡形式都正在消亡。"在并不遥远的（以世纪为尺度来衡量的话）未来的某个时期，人类的文明种族几乎肯定会消灭并且取代全世界的野蛮种族。"

同样，大猩猩也会灭绝。当下在大猩猩与澳大利亚原住民之间发现的那道缺口，即那些被灭绝的留下的缺口，未来将在低等类人猿与即将到来的更加文明的人类之间进一步扩大。

去阿加德兹[①]

"让他们脑浆迸裂。"

101

在阿尔利特汽车站,我转身问入口处那个戴着面纱的男子:

"售票窗口还开着吗?"

"让我们先互相问个好。"当地人语气温和地纠正我说。显然他没有想到自己的种族会灭绝,至少暂时还没有想到。

我们花了好一会儿互相重复着"你好吗?我很好。你呢?"随后他告诉我,很抱歉窗口已经关了。下回好运!

下回我真的顺利买到了票。然后我得把行李留在地上,去城另一头的警察局出示车票,拿到我的通行证,回到车站,这时我的行李已经被放到小巴车的车顶上,周围是几只油乎乎的桶、几袋粮食,还有一整个摊位——支撑顶篷的杆子、展示货物的台子和各式各样的包裹。外加一个眼窝空空的风干的骆驼头颅。

然后开始装乘客。车上有三张长椅，一张给女人，一张给黑人，一张给图阿雷格人。我被安排坐在图阿雷格人中间。车子被三十二位乘客塞得满满当当。但只要还能舔到自己的嘴唇，那就算不上拥挤。两位检票员推动车子，让它发动起来，跟着车子并排跑了几步，然后跳进车里，关上车门。

去阿加德兹是一百五十英里的好路。路面由巨大的石块铺成。沙漠就像手臂上的干皮一样一点点剥落。随后出现了第一片单薄的、苍白的草，草尖上带着盐。它们聚集在低地里，金黄，又像麦秆一样白，仿佛胳膊上的汗毛一样闪闪发亮。

我从哥得兰岛废弃的石灰石采石场认出了它。这种矮矮的麦秆色的草上有光，这让我无比兴奋。

在这一片荒凉之中，我们紧紧地挤坐在一起，身体挨着身体，呼吸对着呼吸。身材纤细的图阿雷格青年，他们戴着铜紫色面纱，睫毛又黑又长，笼罩在不可侵犯的沉默中，被那些大笑着的、面

---

① Agadez，尼日尔中部城市。

带微笑的人，和他们有着丰满的臀部、嘈杂的、五颜六色的女人们所包围。

他们是达尔文认为的我们文明的白人应该消灭的野蛮人吗？当你和他们坐在同一辆小巴车上时，你很难想象这一点。

102

阿加德兹航空酒店曾经是苏丹的宫殿。它以其餐厅而闻名，餐厅里有四根粗大的柱子，粗到两个人都无法合抱；也以其永远沉浸在黑暗中的房间而闻名，每个房间都有通往可以享受夜晚清凉的屋顶露台的通道。

我从露台上眺望广场上的市集，一辆崭新的标志五〇四车刚刚停在了那里。两个衣着光鲜的年轻男子跳了出来，走到一位长者面前。那位长者坐在一张小小的铁皮写字台旁，写字台上装饰着两封交叉摆放的信件的图案。两个人在尘土中蹲了下来，请长者给他们写信。

到底是谁注定要走向灭亡？是那两个光鲜亮丽的年轻文盲，

还是那位能读会写的长者?

他斜倚着宣礼塔。宣礼塔有十七层楼高，突出的横梁仿佛多刺的水果那样伸展着，里面有一座螺旋楼梯，很窄，到尽头窄得甚至让人无法转身。必须等下面的人都上去了，上面的人才能下来。

太阳在家具商床柱上装饰的小圆镜片中闪耀。几棵被盐蚀的柽柳投下了稀疏的影子。

第一缕晚风带来了木炭的噼啪声和从磨坊传来的咔哒声。磨坊开始磨小麦，好为晚餐做准备。街角的 Chez nous[①] 餐厅已经开门了，Au bon coin[②] 和 Bonjour Afrique[③] 马上也要开了。

第二天一早我要继续研究，摆在我面前的问题是：

当居维叶证实一个生物物种可能灭绝的时候，他让他的那个时代感到恐慌。七十五年后，当达尔文证实整个人类注定要灭绝

[①] 法语，我们家。
[②] 法语，好地方。
[③] 法语，你好非洲。

时，几乎没有人对此表示怀疑。

发生了什么？威尔斯所说的"塔斯马尼亚人"是什么？"关切人"又是谁？

103

关切人是石器时代一个讲柏柏尔语的先进民族，是最早被欧洲扩张所消灭的民族。他们生于非洲，但长期生活在"幸运岛"，即当今的加那利群岛上，跟非洲大陆失去了联系。据估计，他们的人数大约达到八万——那是在欧洲人到来之前。

一四七八年，斐迪南和伊莎贝拉派了一支带着枪炮和马匹的远征队前往大加那利岛。平原地带很快被西班牙人占领，但在山区，关切人继续进行顽强的游击战。最终，在一四八三年，六百名战士和一千五百名妇女、儿童、老人投降了——这就是这个曾经人口众多的民族所有的幸存者。

拉帕尔马岛于一四九四年投降，特内里费岛一直坚持到一四九六年。最终，一个孤身一人的当地女人示意西班牙人靠近一些。"再没剩下任何人可以跟你战斗,让你害怕——所有人都死了。"

她的话成了传奇,四百年后当坎宁安·格雷厄姆写《希金森的梦想》时,这个传奇仍在流传。

无论是马匹还是枪炮,都没有决定战争的结局。获胜的是细菌。当地人将这种未知疾病称为"昏睡症"。特内里费岛一万五千名居民中,幸存下来的屈指可数。

森林被砍伐,动植物群被欧洲化,关切人失去了他们的土地,继而失去了他们的生计。昏睡症多次卷土重来,痢疾、肺炎和性病肆虐。

那些从疾病中幸存下来的人,却死于实际上的屈从——失去了家人、朋友、语言和生活方式。一五四一年,当吉罗拉莫·本佐尼[①]造访拉帕尔马岛的时候,那里只剩下了唯一的关切人——他已经八十一岁,而且一直都醉醺醺的。关切人已经灭

---

① Girolamo Benzoni(1519—1570),意大利探险家。

亡了。

东大西洋上的这群岛屿是欧洲帝国主义的幼儿园。初来者在那里学到了一件事：欧洲的人、植物和动物在其并非生来就存在的地方也可以生活得很好。

他们还学到了，尽管原住民在数量上占优并且进行了艰苦的抵抗，但他们还是被征服了，没错，被灭绝了——没有人真正知道这是怎么发生的。

104

十二、十三世纪，当欧洲人作为十字军东征的时候，他们遇到了在文化、外交手腕、技术知识，尤其是流行病经验方面优于他们的人。成千上万的十字军战士因为无力抵抗细菌的侵袭而死亡。

十五世纪，欧洲人西征的时候，他们自己就是优势细菌的携带者。欧洲人所到之处，都有人死亡。

一四九二年，哥伦布抵达美洲。随之而来的那场所谓"人口统计学上的灾难"，其程度不同的研究者有不同的评估。可以肯定的是，它在世界历史上是独一无二的。

今天许多学者认为，当时美国和欧洲的人口数量大致相当——超过七千万。在接下来的三百年里，世界人口增长了百分之二百五十。欧洲增长最快，增幅在百分之四百到五百之间。另一方面，美国的原住民却减少了百分之九十或百分之九十五。

在这场灾难中，人口减少最快、最彻底的是拉丁美洲最先与欧洲人接触的人口稠密地区：西印度群岛、墨西哥、中美洲和安第斯山脉。当欧洲人于一五一九年抵达时，仅墨西哥就有二千五百万人口。五十年后，这个数字减少到二百七十万。又过了五十年，只剩下一百五十万。超过百分之九十的原始人口在一百年内被消灭了。

这些人中的绝大多数没有在战斗中死去，他们因疾病、饥饿和不人道的劳动条件而静静地死去。印第安人的社会组织被那些白人征服者破坏殆尽，而在新的社会中，只有一小部分印第安人仍然有用。可哪怕作为白人的劳动力，他们也是次一等的。而且印第安人的数量比少数白人使用现有方法所能剥削的要多得多。

死亡的直接原因通常是疾病，但根本原因是印第安人的数量太多了，以至于在征服者的社会框架中，他们没有任何经济价值。

继续进行一场造成了如此灾难性后果的征战，这合理吗？这个问题成为十六世纪西班牙知识分子辩论的一个主要话题。这场辩论的影响深广，以至于查理五世于一五五〇年四月十六日下令，在关于征战合理性的辩论结果未出之前，禁止继续征战。"这是一个在西方扩张史上独一无二的举措。"马格努斯·莫纳这样写道。

辩论于一五五〇年八月在巴利亚多利德①的一个法庭举行，有很多资深律师参加，他们无法就任何判决达成一致。

这有什么用呢？世界上没有什么判决能够说服西班牙征服者去做他们认为应该是印第安人做的工作，没有什么判决能够阻止

---

① Valladolid，西班牙城市。

他们把印第安人当作低等生物来对待，使印第安人服从他们与生俱来的主人。在服从过程中，印第安人同样会死去这一事实是令人遗憾的，但显然也是不可避免的。

105

亚当·斯密拟定了据称是调节劳动力供给的定律："像对商品的需求必然支配商品的生产一样，对人口的需求亦必然支配人口的生产。生产过于迟缓，则加以敦促；生产过于迅速，则加以抑制。"

这个法则当然也适用于印第安人。他们不断死去，直到拉丁美洲的印第安人劳动力开始短缺。这时印第安人的劳动力就变得很有价值。继而一系列社会改革得以推行，以保护剩余的印第安人，把他们跟需要他们的经济单位联系起来，并合理地剥削他们的劳动力。十七世纪期间，印第安人的人口开始缓慢增长。

到十九世纪中叶，西欧经济和技术革新的影响开始波及拉丁美洲，导致对拉丁美洲原材料和食品的需求增加。人口增长速度比以前更快，可用劳动力受到更严重的剥削。

人口继续快速增长。与此同时，一度使得南美洲劳动力需求增长的欧洲技术和经济革新，在接下来的几十年里却反而导致了劳动力需求减少的趋势。毫无疑问，这种趋势仍在继续。如果南美洲的经济体要在这种经济体系框架内发展（这是如今唯一存在的经济体系），那么这种趋势肯定会继续。

工业紧跟自动化的步伐，以便在国际市场上变得更有竞争力。大型农业采用机械化作业，或是改为牧场经营。从雇主的角度来看，快速增长的人口中变得不再合适或多余的人口的比例开始不断上升。

106

亚当·斯密的定律在今天不仍然适用吗？从长远来看，一个无法维护工作权的社会还能维护生存权吗？

在我看来，很显然，十六世纪那场"人口统计学上的灾难"的几个决定性条件如今再次出现在拉丁美洲，就像出现在世界其他几个地方一样。

饥饿和绝望的数十亿人所带来的压力还没有大到让那些世界强国认为，库尔茨的解决方案是唯一人道、唯一可能、从根本上来说是合理的解决方案。不过，那一天并不遥远。我看见它正在到来。这就是我研读历史的原因。

107

我跟其他很多人一起置身于一条隧道或地下通道中。我们在黑暗中以极其缓慢的速度前行。他们说我们可以在前方很远的某个地方出去，但只能一个接一个地沿着狭窄的螺旋楼梯走。因为接收量要远远大于释放量，因此隧道变得异常拥挤。有些人已经在那里站了好几个昼夜了，只移动了几步。马尔萨斯[①]本人已经从屋顶下的管道爬了上去，以躲开地面上的拥挤。愤怒慢慢变成了冷漠和绝望。在表面之下，恐慌已经开始颤抖。

[①] Thomas Robert Malthus（1766—1834），英国经济学家。

108

当时美洲原住民人口中大约有五百万人居住在现在的美国。十九世纪初时还剩下五十万人。到了一八九一年的伤膝河大屠杀——美国针对印第安人的最后一次大屠杀,原住民人口跌至谷底:二十五万人,即印第安人原始数量的百分之五。

在盎格鲁-撒克逊世界,印第安人在西班牙人占领期间灭绝的事实,可以用西班牙人众所周知的残暴和嗜血来解释。当盎格鲁-撒克逊人定居北美并导致同样的现象发生时,就需要另外的解释了。起初,人们认为那是神的干预。

"在英国人定居的地方,上帝之手会通过相互之间的战争或某种肆虐的致命疾病来驱逐或剪除印第安人,为他们扫清障碍。"丹尼尔·丹顿[①]在一六七〇年这样写道。

十九世纪,宗教解释被生物学解释所取代。被灭绝的是有色

[①] Daniel Denton(1626—1703),早期的美国殖民者。

人种，施行灭绝的是白种人。显而易见，某种种族自然法则正在发挥作用，非欧洲人的灭绝只是世界自然发展的一个阶段。

原住民死亡的事实证明了他们属于低等种族。有些人说，让他们按照进步法则的要求去死吧。另一些人则认为，出于人道主义原因，应该把他们迁移到某个遥远地方保护起来，然后，好像纯粹出于偶然，欧洲人便可以接管和利用他们良好的耕地，为自己服务。

就这样，从十九世纪三十年代起，北美洲、南美洲、非洲和大洋洲的许多部落和民族被迫流离失所、被消灭或迁走。当达尔文写道某些人类种族注定要灭绝时，他是把自己的预言建立在众所周知的历史事件上的。

有时，他自己也是目击者。

109

一八三二年八月，当达尔文抵达南美洲落后的西南部地区时，欧洲人的征服战尚未完成。阿根廷政府刚刚决定消灭仍然统治着潘帕斯草原的印第安人。

这项任务交给了罗萨斯将军。达尔文在科罗拉多河边会见了他和他的军队,认为他从未见过比这更令人厌恶的强盗军队。

在布兰卡港,他看到了更多的军队,喝得醉醺醺的,浑身沾满血迹、污渍和呕吐物。他采访了一位西班牙指挥官,后者告诉他他们是如何从被俘的印第安人那里逼问出他们的亲属的下落的。他和他的士兵最近就是用这种方式找到了一百一十个印第安人,他们统统被俘或被杀,"士兵的军刀刺向每一个印第安人"。

印第安人现在已经吓怕了,怕到不敢组织集体反抗,一个个只管自己逃命,抛下女人和孩子。但一旦被追上,他们会像野兽一样战斗到最后一刻。一个垂死的印第安人用牙齿咬住了对手的拇指,直到眼珠子都要被挖出来了才松口。

一幅黑暗的景象。不过更令人震惊的是那个谁都不能否认的事实,即所有看起来超过二十岁的女人都被残忍地杀害了。当我感叹这太不人道时,他回答道:"不然呢,还能做什么呢?让她们繁殖吗?"

在这里所有人都确信,这是一场正义的战争,因为它针对的是野蛮人。谁会相信在我们这个时代,这样的暴行会发生在一个信仰基督教的文明国家?

罗萨斯将军的计划是杀死所有掉队的印第安人,将剩余的集中到一个地方,等夏天的时候,在智利人的协助下对他们进行集体攻击。这项行动在接下来的三年将连续实施。①

一八七一年达尔文出版《人类的由来》时,对印第安人的猎杀仍在阿根廷全力进行。行动的资助来源是通过发放债券。等土地上的印第安人被彻底清除,这些土地就会在债券持有人之间重新分配。每一张债券对应的是二千五百公顷的土地使用权。

---

① 引自美国《世纪》杂志(*The Century Magazine*)1897 年 9 月号。——原注

110

整个晚上我都在黑暗肮脏的城市景观中寻找花朵。我的周围是一片荒凉，一片废墟，一股子尿骚味。在一条臭气熏天的隧道里，两个男人正朝我走来。花朵？他们不明白我在说什么。我比划出一个"花束"，做了用手握住花茎的手势。他们把它解读成了"刀"的手势，还说他们完全明白我的意思。

111

达尔文对阿根廷人猎杀人类的残酷行为感到不安。他的导师查尔斯·莱尔帮助他把他的所见所闻放到一个更大的背景中去。人类是自然的一部分，在自然中，即使灭绝也是自然的。

莱尔在他的《地质学原理》(题为"人类灭绝的物种"一章)中写道，我们人类没有理由因为我们的进步导致的动植物灭绝而感到内疚。

我们可以为自己辩护，声明当我们用武力征服土地并捍卫我们的所有物时，我们只是在做自然界中其他物种都在做的事。每一个能够大范围散布的物种都以类似的方式减少或完全消灭了其他物种，都必须通过与入侵物种的战斗来保护自己。如果"自然界中那些数量最少、最微不足道的物种每一个都杀死了成千上万的其他物种"，那么我们——造物主们——为什么不应该这么做？

和温文尔雅的达尔文一样，温文尔雅的莱尔也不愿意伤害印第安人。然而，莱尔如此草率地赋予了人类灭绝其他物种的权利，这项权利的使用由来已久，甚至被用在了人类自己身上。

112

塔斯马尼亚人是被灭绝种族中最有名的一个，他们常常作为象征，被用来代表所有其他被灭绝的民族。

塔斯马尼亚是一个跟爱尔兰一样大的岛，位于澳洲大陆东南边。最早的殖民者——二十四名囚犯、八名士兵和十来名志愿者，其中六名是女性——于一八〇三年来到这里。第二年，这里发生了第一场对当地人的大屠杀，即所谓"里斯顿大屠杀"。从那以后,"丛林居民"——逃脱的因犯——可以自由地捕猎袋鼠和原住民。他们霸占当地妇女,用原住民的身体喂狗,或者活烤他们。

一名叫卡洛茨的男子因杀死一个塔斯马尼亚人,之后强迫其妻子把她死去丈夫的头颅用绳子挂在脖子上而出名。无需把原住民当作人来对待,他们是"野蛮人"或者"野兽"。

十九世纪二十年代白人移民数量增加,对原住民生计的压迫也由此增强。因为挨饿,原住民开始偷盗白人的东西,白人给他们设下陷阱,从树上射杀他们。作为回应,塔斯马尼亚人开始攻击独居的新建设者。一八二五年,他们的首领被俘,以谋杀罪被处死。

范·迪门斯地产公司消灭了袋鼠,在五十万英亩的土地上引入绵羊。白人人口每五年翻一番。地方媒体要求政府"迁走"原住民的呼声越来越高。如果不走的话,他们"应该像野兽一样被猎杀和消灭"。

事情是这样的。一八二七年,《泰晤士报》报道称,因谋杀一名定居者,六十名塔斯马尼亚人被报复性地杀害;还有一次,七十名塔斯马尼亚人丧生。暴力不断升级,直到那些定居者把妇女和儿童从他们的洞穴里拖出来,"让他们脑浆迸裂"。

一八二九年,政府决定,将原住民集中到贫瘠的西海岸地区。囚犯们被派出去追捕他们,每带一个当地人到集中地,就可以得到五英镑的奖励。据估计,每有一名塔斯马尼亚人活着抵达,就有六名塔斯马尼亚人死去。"黑色战争"还在继续。

一八三〇年,五千名士兵被动员起来组成一支搜索队,将所有原住民赶到东南部的一个小岬角上。这项行动耗费了三万英镑。几周来,这支队伍以每隔四十码的间距横穿整个塔斯马尼亚岛。当他们到达时,一个原住民都没有抓到。他们后来才发现,塔斯马尼亚人只剩下三百人了。

113

一个名叫乔·奥·罗宾逊的循道宗信徒想要拯救他们。他手无寸铁地走进丛林,差一点被杀,但被一个叫特鲁加尼娜的当地女人救了。他和她一起成功说服二百名塔斯马尼亚人跟他们前往弗林德斯岛的安全地带,那里没有人会追捕他们。

这就是达尔文访问塔斯马尼亚时的状况。"我担心,"他在一八三六年二月五日的日记中写道,"毫无疑问,这一系列邪恶及其后果源于我们一些同胞卑劣的行为。"

罗宾逊尝试通过在弗林德斯岛上引入市场经济和基督教,来教化他的门徒。不久,他就报告了出色的成果。塔斯马尼亚人开始工作,他们买了衣服,用刀叉吃饭。夜里的狂欢已经被唱圣歌取代。他们对戒律的认知突飞猛进。唯一的麻烦在于:他们像苍蝇一样纷纷死去。

半年后,这些人死了一半。当活下来的一半也死了一半后,剩下的四十五人离开了弗林德斯岛,搬去了首府霍巴特城外的一处贫民窟。在那里,他们很快就因酗酒而走向灭亡。

当达尔文的《物种起源》于一八五九年出版时,只剩下九名塔斯马尼亚妇女,她们都太老了,无法生育。最后一个塔斯马尼亚男人威廉·伊阿尼于一八六九年去世。他的头骨甚至在他的葬礼之前就被盗了,随后尸体被从坟墓里挖出来,骨骼残骸也被掠夺一空。

最后一个塔斯马尼亚人是特鲁加尼娜，就是救了罗宾逊的那个女人。她死于一八七六年，达尔文《人类的由来》出版几年之后。她的骸骨保存在霍巴特的塔斯马尼亚博物馆。

114

十九世纪的学者根据居维叶的发现（现已成为常识）解释了塔斯马尼亚人的命运。在数千种已经灭绝的物种中，塔斯马尼亚人之所以能幸存下来，盖因他们在地理上的与世隔绝。他们是"活化石"，是已消失的史前时代的遗迹。他们无法适应与时间尺度的另一端突然接触。他们被消灭，仅仅意味着他们回到了从进化角度来看他们所属的那个早已死去的世界。

十九世纪的学者根据达尔文的发现解释了塔斯马尼亚人的命运。中世纪所信奉的创造的"阶梯"，威廉·配第、威廉·泰森和查尔斯·怀特提出的动物学上的阶层系统，随着达尔文的出现而成为一个历史过程。在阶层系统中，"低等"形式的出现早于"高等"。不止如此。"低等"和"高等"像因果关系一样联系在一起，二者之间的斗争创造了越来越"高等"的形式。

我们欧洲人是塔斯马尼亚人改良的后代。因此，按照达尔文的弑父逻辑，我们被迫消灭我们的亲本物种，这包括世界上所有的"野蛮种族"。他们注定要去承受塔斯马尼亚人的命运。

第四部分

种族主义的诞生

"种族是一切：文学、科学、艺术，

一言蔽之，文明有赖于它。"

115

十九世纪初，十八世纪对帝国主义的批评仍然存在，对很多人来说，反对种族大屠杀的立场是不言而喻的。

约翰·豪伊森在《世界各地欧洲殖民地的社会、道德与现实状况》（一八三四年）中是这样描述殖民主义辉煌历史的：

> 由于文明的引入，美洲大陆的原住民几近灭绝。因为同样的原因，西印度群岛的原住民一户都没有剩下来。南非很快就会陷入类似的境地。太平洋岛民的数量也因为欧洲疾病以及自私狂热的传教士的专制而迅速减少。是时候停止毁灭了。因为长期以来的可悲的经验

> 证明，在让我们造访或征服的野蛮人变得更快乐、更明智或更美好这件事上，我们总是以失败告终。所以，现在我们应该还他们安宁了，把我们的教化热情用于我们自己，试着去压制……我们的贪婪、我们的自私和我们的邪恶。

这是根植于基督教信仰和启蒙时期平等思想的一种观点。

然而，在十九世纪的欧洲扩张下，另一种观点出现了。种族灭绝开始被视为进步不可避免的副产品。

对于伟大的人类学家詹·考·普理查德来说，那些"野蛮的种族"显然是无法拯救的。我们应该转而致力——他在其演讲《论人类的灭绝》（一八三八年）中表示——为科学的利益尽可能多地收集跟他们的身体和道德特征相关的信息。

灭绝的威胁为人类学研究提供了动力，作为交换，人类学研究通过宣布灭绝之不可避免，为灭绝者提供了不在场证明。

116

同年,即一八三八年,赫尔曼·梅里韦尔在牛津大学做了一系列关于"殖民与殖民地"的讲座。他指出,普理查德关于"白种人注定要消灭野蛮人"的理论正变得越来越普遍。灭绝不仅是因为战争和流行病,还有着更深层、更隐秘的原因:因为某种未知的原因,哪怕只是跟欧洲人接触,对原住民来说也是致命的。

梅里韦尔强烈反对这一理论。原因不明的死亡并不存在。我们知道"人类生命的荒原"是巨大的,但它必然是由某种原因造成的。

最主要的原因便是,蛮荒之地的"文明"是以"商人、莽夫、海盗和逃犯"为代表的;简言之,白种人可以做任何他们喜欢做的事,而免受批评或控制的风险。

> 欧洲人在美洲、非洲和大洋洲定居的历史,到处都呈现出相同的普遍特征——通过个人(如果不是殖民当

局的话）不受控制的暴力给原住民造成大规模的破坏，随后由政府方面出面，不情不愿地试图对这种公认的罪行进行修复。

一八三七年成立的旨在调查塔斯马尼亚和其他原住民不幸遭遇之缘由的英国议会委员会也得出了同样的结论。该委员会发现，欧洲人非法侵占原住民的领地，减少他们的人数，破坏他们的生活方式。"纯粹的残忍和不公"是造成原住民灭绝的主要原因。

作为该委员会工作的直接结果，原住民保护协会于一八三八年成立，旨在制止对原住民的灭绝。在十九世纪余下的时间里，该组织继续进行着其日益艰苦的抗击种族灭绝的斗争。

117

我在哪里？在集中营？在第三世界？我周围那些赤裸的身体都瘦弱不堪、伤痕累累。圣诞节越来越近了。几个看起来营养充足的男人正在竖起一张网，网格看起来粗糙而又牢固。网的另一边是一尊裸体女巨人的雕塑,被漆成红色和金色,并装饰着铁杆、棍棒和靴子。这张网阻止我们接触这个肥胖而快乐的女人。

那几个拉网的男人一边工作,一边不停地开着粗俗的玩笑。很快,他们就会放狗来攻击我们。看到我们在网上乱爬时,他们狂笑不止。我们徒劳地伸手去够那棍棒和铁杆。我们甚至都没够到靴子。

118

对陌生种族的偏见一直存在。但在十九世纪中叶,这些偏见被赋予了有组织的形式和明显的科学动机。

在盎格鲁-撒克逊的世界里,打头阵的是罗伯特·诺克斯。他的书《人类的种族:碎片》(一八五〇年)展示了种族主义诞生的瞬间,就像种族主义在诺克斯公认的无知的引领下,完成了从大众偏见到"科学"信念的飞跃一样。

诺克斯曾在巴黎跟居维叶学习比较解剖学。居维叶的伟大功绩在于,他证明了无数动物物种已经不复存在。至于它们是如何

罗伯特·诺克斯,当代漫画《解剖学家诺克斯》。

伊索贝尔·雷,爱丁堡,1964 年

灭绝以及为什么灭绝的，居维叶并没有解释清楚，诺克斯说。

我们对于深色种族为何灭绝同样知之甚少。"如果我们知道他们的起源规律，那么我们就应该知道他们的灭绝规律。然而我们并不知道。一切都只是猜测，都是不确定的。"

我们所知道的是，有史以来，深色种族一直是肤色较浅的种族的奴隶。这是为什么呢？"我倾向于认为，深色种族普遍存在身体上以及与之相伴的心理上的劣势。"

这可能不是因为大脑尺寸不足，而是因为质量不够。"我认为，他们的大脑的质感偏暗，白色部分更有韧性。不过我是出于非常有限的经验这么讲的。"

这个经验到底多么有限，体现在书的另外一个地方，诺克斯说他只对一具有色人种的尸体做过尸检。他坚称，他发现这具尸体的手臂和腿部的神经，比同等体型的白人尸体的少三分之一。因此很显然，他认为，两个种族的灵魂、本能和理性必然存在相应程度的不同。

通过这次尸检，诺克斯从完全无知中迈出了一大步，直接做出了这样的陈述:"在我看来,种族或血统就是一切;它标记了人类。""种族就是一切:文学、科学、艺术,一言蔽之,文明有赖于它。"

诺克斯坦陈自己的言论缺乏经验基础,这种幼稚的坦率几乎令人动容。在《人类的种族》关于深色种族的第六章里,他是这样继续的:"但是现在,在简单虑及某些深色种族的身体构造,并向你们展示了我们对他们的了解确实寥寥,以及我们缺乏有关人类身体之历史数据方面的支撑之后,让我们来考虑一下……"

考虑一下什么?

这么说,正是基于这种既定的事实的缺失,诺克斯不假思索地声明,深色种族是低等的以及他们的毁灭是不可避免的。

119

达尔文谈到了"野蛮种族",但没有明确他的意思。华莱士和很多其他作家写过"低等人",或者甚至"低等和败坏的种族",让读者陷入深深的不确定性中。

他们所指的,是我们今天所说的第四世界吗?抑或是整个第三世界?还是更多别的世界?

很多人认为,其他任何种族都比白种人低等、败坏,而在"白色种族"中,其他任何种族都比盎格鲁-撒克逊一族低等。在这种情况下,有多大一部分人注定要灭绝?

诺克斯用了"深色种族"这样的表述。它指代的究竟是什么呢?这个问题回答起来并不容易,诺克斯自己也这么说。

犹太人是深色种族吗?吉卜赛人呢?中国人呢?从某种程度上说,他们的肤色肯定是深的。还有蒙古人、美洲印第安人和因纽特人,几乎整个非洲、远东和大洋洲的居民。"撒克逊人、凯尔特人和萨尔马希亚人面前是怎样的一片灭绝之地啊!"

当诺斯克在他的演讲台上让一个又一个种族灭亡时,毁灭的意志,是的,大屠杀的快乐,闪烁在他的字里行间。

他只对一件事情感到愤怒,那就是伪善。英国人刚刚(一八五〇年)在新西兰完成了侵略史上最大胆的吞并,可他们声称"原住民要受到保护"。我谢谢他们啊!诺克斯说。当原住民的土地被夺走之时，他们成不了英国人，可他们应该"受到保护"！

撒克逊人不保护深色种族，不跟他们交往，不让他们在被占领的国家保留哪怕一英亩土地；至少在盎格鲁-撒克逊人的美洲情况是这样，那些撒克逊征服者正在向南移动，诺克斯继续说道："墨西哥人、秘鲁人和智利人的命运也已注定。种族灭绝，不可避免的灭绝，甚至没有人否认这一点。"

120

那些深色种族能被教化吗？应该不能，诺克斯答道。撒克逊一族绝对不会容忍他们或与他们和平相处。"史上最激烈的战争——拿破仑那些最血腥的战役——都无法与此刻我们在美洲的后裔与深色种族之间进行的激战相提并论。这是一场灭绝战，每一面旗帜上都有死神的头颅，没有投降；二者之中必有一个要倒下。"

"我不怪他们，"诺克斯继续说道，"我甚至假装不去谴责。人凭一时冲动——他的动物性冲动——行事，偶尔有用到理性的时候，那是为向他人神秘化和隐藏自己真正的动机。"

欧洲人最早到来之时，美洲人也许已经走上了灭绝之路。"所有这些国家都将面对同样的命运。这是其人口属性决定的，任何东西都无法阻止。"

看看南非！撒克逊人的进步精神决定了他们对当地人的屠杀。"我们搞定了霍屯督人和布须曼人吗？我认为搞定了。很快他们就将成为珍物，一具已被制成标本放在英国，另一具，如果我没记错的话，是在巴黎……简言之，他们正在迅速地从地球表面消失。"

发生在塔斯马尼亚的事情众所周知，盎格鲁-撒克逊人把原住民赶出了自己的国家，对于灭绝一个种族的举动没有半点良心上的责备。

在他们眼里，那些被灭绝种族早已停止"进步"，既没有新发明，也没有新发现。也许曾经辉煌过，但辉煌期过后便开始匆匆走向终点。那里剩下的都是灭绝生物的遗迹。那些生物如同居维叶世界里的哺乳动物和鸟类一样，早已不复存在。

121

这个以沉迷毁灭人类为乐的人是谁？

他是苏格兰人，曾作为军医在南非服役，在爱丁堡创办了一所解剖学学校。达尔文还是一名年轻学生时，曾听过他那引发争议的讲座。

当时所有的解剖学家都从盗墓者那里购买样本，诺克斯却被怀疑雇用职业杀手来确保获得合适的尸体。他的科学生涯就此终结。

他视自己为沙漠中呐喊的声音。他，而且唯有他，发现了一个巨大的真相——一个只有蠢货和伪君子才会否认的种族的真相。

《物种起源》是诺克斯思想的一个转折点。达尔文既没有明确也没有否认诺克斯的想法，但是对于那些种族主义者来说，进化论显然是有用的。

诺克斯重新获得青睐，去世前不久甚至成为人种志学会会员。在那里，一群新的具有"种族意识"的人类学家正在成为主导。

一八六三年，诺克斯脱离原来的协会，成立了人类学学会，后者的种族主义色彩更加鲜明。协会的第一场讲座，《论黑人在自然界中的地位》，强调了黑人与猿猴的近亲关系。

当牙买加的一场黑人农民起义被无情镇压后，学会召开了一次公开会议。戈登·皮姆船长在他的讲话中表示，杀死原住民是出于慈善原则，是"屠杀之中的怜悯"。

时代开始追上罗伯特·诺克斯的步伐。

过去人们将种族视为影响人类文化诸多因素中的一个。达尔文之后，种族在更广泛的圈子里成了一个决定性的解释。种族主义被人们接受，并成为英帝国主义意识形态的核心要素。

122

我和很多人在一起，只需跟着我前面的人走，并且知道其他人跟在我后面就行。我们正沿着一段狭窄的楼梯往上走。扶手是一根粗绳，给人一种安全感。教堂塔楼内的楼梯一圈又一圈，又或者这可能是一座宣礼塔？楼梯的螺旋变得越来越窄，但因为后面有那么多人跟着,已经不可能有调头甚或停下来的余地了。背后的压力迫使我前进。楼梯突然在墙上的垃圾投放口处终止。我打开垃圾投放口的门,从里面钻出去,发现自己来到了塔楼外面。绳子不见了,眼前一片漆黑。我紧紧抓住光滑冰冷的塔壁,徒劳地试图在一片空虚中找到踏脚的地方。

123

达尔文之后,对待大屠杀明智的做法是耸耸肩。如果为此愤怒,那只会显露出你没有教养。只有一些跟不上自然科学前进步伐的老家伙才会表示抗议。塔斯马尼亚成了一个范式,世界上一个又一个的地区屈服于它。

威廉·温伍德·里德——伦敦地理和人类学学会会员和巴黎地理学会通讯会员——在他的著作《野蛮的非洲》(一八六四年)结尾处,预测了黑人种族的未来。

他预言,非洲将被英国和法国瓜分。在欧洲人的统治下,非洲人将开挖沟渠,灌溉沙漠。那将是一项艰巨的工作,非洲人本身很可能会因此灭亡。"我们必须学会理性看待这样一个结果。它显示了大自然的仁慈法则,弱者必将被强者吞噬。"

心存感激的后世将会珍藏黑人的记忆。总有一天,年轻的女士们会坐在棕榈树下,眼含热泪地读着《最后一个黑人》。而尼日尔河作为一条河,将会变得和莱茵河一样浪漫。

124

一八六四年一月十九日,伦敦人类学学会安排了一场关于低等种族灭绝的辩论。

理查德·李在他题为"种族的灭绝"的开场白中,提醒台下听众不要忘记塔斯马尼亚人的命运。如今轮到新西兰的毛利人了,他们的人口在几十年间减少了一半。

明确的原因尚无法给出。疾病、酗酒以及"白人与有色人种之间的对抗"是重要的外部因素。但他们没有解释为什么女性人口比男性人口减少得更快,也没有解释那些大量的没有生育的婚姻。

无论在哪里，我们都可以看到一个世界为另一个发展程度更高的世界留出空间，不管是出于何种原因。若干年后，地球表面将被完全改变。我们这些文明人懂得更好地利用那长久以来一直是"黑人的"安乐家园的土地。一个新时代正在来临，人类的责任也将随之成倍增长。

地球上掀起了欧洲文明的浪潮。盎格鲁-撒克逊种族凭借其道德和智力上的优势，将早期的原住民扫荡一空。光明正在吞噬黑暗，理查德·李说。

他的对手托·本迪什辩称，菲律宾是高等种族与低等种族能够共存而不以消灭低等方为代价的众多实例之一。所以不存在任何自然法则的问题。

只有在被夺走土地及其伴生的谋生手段时，原住民才会灭亡。尽管北美的一些印第安部落几乎被消灭，但只要归还他们的土地，还是有足够多的人能够重新在这片大陆上繁衍生息。因为根据马尔萨斯定律，无论什么种族的人类都会繁衍后代，本迪什总结道。

阿·罗·华莱士——进化论的共同发现者——主张，种族越是低等，其生存所需的土地就越多。当欧洲人以更大的能量接管这片土地时，低等种族只有迅速文明化才能得到拯救。但文明只能慢慢地获得。所以低等种族的消失只是时间问题。

125

当天晚上晚些时候，在他关于"人类的起源"的讲座中，华莱士更详细地解释了他是如何看待灭绝问题的。很简单，灭绝是自然选择的另一个名字。

华莱士说，对于其他大陆上较为低等的、智力欠发达的种族来说，跟欧洲人的接触会导致不可避免的灭绝。欧洲人优越的身体、道德和智力素质意味着他们以牺牲野蛮人为代价繁衍下去。"就像欧洲的杂草在北美洲和大洋洲蔓延，以其内在的生命力、更强的生存和繁殖能力消灭了本地物种。"

达尔文读到这里时，在"杂草"一词下重重地画了一条线，并在页边空白处加了一个自己的例子：老鼠。

后来，他在《人类的由来》中写道："新西兰人……将他未来的命运与几乎被欧洲老鼠消灭的本土老鼠进行了对比。"

欧洲的动植物毫不费力地适应了美洲和大洋洲的气候和土壤，但只有少数美洲和大洋洲植物，其中包括马铃薯，在欧洲得到传播。

这些来自动植物世界的相似之处让很多人相信，欧洲人具有生物学上的优势，而其他种族将不可避免地走向衰落。

可相似之处也可能引发质疑。为什么比起其他任何欧洲植物，这种杂草在殖民地传播得更快、更有效？欧洲老鼠真的是凭借其道德和智力优势消灭了其他老鼠吗？

126

我们在马路对面的蒂德利乌斯家里吃圣诞节晚餐。我几乎够不到餐桌，它摆在一个大厅里，那里有深色的镜柜和华丽的高背橡木椅子。水晶吊灯闪闪发亮，杯子、刀叉、餐盘，所有东西都闪闪发亮。桌布是白色的，又厚又硬，所以在折痕处有点凸起，蒂德利乌斯夫人伸手将凸起的地方抚平。这时传来一声可怜的吱吱声，仿佛割草机暴露了玉米地里的一个鼠窝。那时候，玉米地一直延伸到我们家草坪的边上。乌菲和我经常远离人群待在庄园的大谷仓里，那里的老鼠就跟猫一样常见。听到吱吱声，蒂德利乌斯夫人尖叫起来，大家的注意力也随之转移。蒂德利乌斯先生赶紧上前解救。他的年纪是她的两倍，是一位优雅又活泼的老人，走路很矫健，每天早晨六点钟都会步行到火车站，去他开在萨缪尔大师路上的女装裁缝店。他是位出色的裁缝，但不是研究老鼠的专家。他掀起桌布往下看——哎呀，老鼠沿着折痕跑向桌子中央，途中碰翻了玻璃杯。这下引发了一阵骚乱，所有人都奋力护住自己的杯子和盘子，大家同时掀起桌布，抓住桌垫，试图将这只因为愤怒和恐惧而尖叫着在桌布下面横冲直撞、每换一次方向都似乎长大一圈的老鼠困住。

很难想象我父亲此刻的做法。后来——到他晚年的时候——他变得那么温柔。可我小时候他不是这样的。我仍然记得有一回一只年迈的老鼠——毛色灰白，大得像只小猫——悠闲地从我家草坪上经过。正是老鼠那种泰然自若的移动方式——好像它完全有权利这么做——激怒了我的父亲。他推开露台的门，冲下斜坡，顺手抄起一块木板，追上了那只已经来不及觉察危险的老鼠，在它准备从栅栏底下钻过去的时候拍死了它。这就是他愤怒时的样子。那一次也一样。当时，他去厨房拿大斧子——我们厨房有烧木头的炉子，将斧子举过头顶，在女人们的一片叫好声中，用尽全力砍向桌布上的那块凸起。斧刃穿透桌布和桌垫，深深地扎进深色橡木桌子，肯定也杀死了那只老鼠，因为桌布下面再也没有一点动静了。尖叫声停止了。所有人都一动不动地站着，看着斜向天花板的斧柄仍因那股子强力而微微颤抖……我们没法在桌上放着老鼠尸体的情况下继续吃圣诞节晚餐。四位家长收拾起餐桌，拔下那把斧子。然后他们各自走到桌子的一角，先掀起桌布，再掀开桌垫。没有老鼠的踪迹，它不见了。但大家都没有说话。没有人问它去了哪里。大家都只是站在那里，看着斧子在深色桌面上留下的深深的、白色的砍痕。"我会弄一块橡木来，"我那长于木工的父亲说，"刷上相同的颜色，这点痕迹几乎看不出来。"两位主人热情地向他道了谢。然而,晚餐是在压抑的气氛中吃完的,我们没有待到很晚。

127

即便是那些留在人种志学会里的人,他们也意识到了低等种族注定要毁灭。

一八六六年三月二十七日,弗雷德利·法拉尔教长发表了题为"种族的天资"的演讲。他将人类种族分为三类:野蛮种族、半文明种族和文明种族。

只有两个种族——雅利安人和闪米特人——是文明种族。那些半文明种族曾经辉煌过,但遭遇了"发展停滞"。

野蛮种族始终生活在同样的无知和悲惨之中。"他们没有过去,也没有未来。就像他们之前那些高贵无比的种族一样,他们注定要走向快速、彻底和或许对于人类最高命运来说无法避免的灭绝。"

在这众多人中,没有一个人的名字对我们种族的历史来说有丝毫的重要性。如果明天一场大洪水将他们淹没了，那么除了他们的身体残骸以外，他们不会留下其他任何存在过的痕迹。

"我称他们为无可救药的野蛮人……因为就受文明的影响而言，他们从文明面前消失，就像雪从不断逼近的太阳光线面前消退一样，是确定无疑、显而易见的。"

印第安人就是一个例子。或者从数亿非洲人中选取一个样本，不是选像霍屯督人那样选最堕落的，而是选一个真正的、血统纯正的黑人。你能指望他被文明教化吗？绝大多数黑人都将在衰落中走向灭绝，只有少数人能够得到拯救。

很多种族已经消失了。那些种族——"人类中最低等的、表现出道德和智力退化可怕特征的一类"——注定要灭绝。"因为黑暗、懒惰和残酷的无知无法与知识、勤奋和光明的进步共存。"

128

当知识、勤奋和光明消灭了低等种族时，到底发生了什么？

达尔文知道。他目睹了罗萨斯将军的部下屠杀印第安人，他们浑身沾满鲜血和呕吐物。他知道当一个印第安人咬住别人的拇指不松口时眼睛是如何被挖出来的,知道女人是如何被杀害的,知道俘虏是如何被逼开口的。他给这些起了一个名字,管它们叫"生存斗争"。

达尔文知道生存斗争是什么样子的,但他相信它能使人类获得发展、变得崇高。华莱士分享了他的信念。消灭低等种族是合理的,因为这样种族间的差异将会缩小,直至世界重新由单一的、近乎同质的种族居住,其中每一个人都是最崇高的人类典范。华莱士是这样相信的。

但奇怪的是,他继续说,实现这一目标所取得的小进步似乎根本不是自然选择的结果。在斗争中获胜的显然并不是"最好的"物种。那些在智力和道德上平庸的人——其实是有缺陷的人,说直白点就是杂草——反而活得最好,繁殖得最快。

129

华莱士戳到了痛处。威廉·格雷格在《弗雷泽》杂志(一八六八年九月号）上的一篇文章里提到了这个问题，达尔文读了这篇文章并且做了评论。

格雷格担心的主要是中层阶级，"他们是活力、可靠、进步的组成元素"，他们的后代比上层阶级和下层阶级少得多，这两个阶级——尽管出于相反的原因——都缺乏节制的理由。

"正义而有益的自然选择法则"已遭排除，我们的社会于是面临着过度文明化的威胁，就像古希腊人和古罗马人经历过的那样。

不过幸运的是，自然法则仍然存在于种族关系中，格雷格继续说道。在这种关系中，最受青睐的仍然是那些更有能力、更强大的物种。他们是在竞争中获胜，"消灭、统治、取代、打倒、吃掉、抹去低等种族存在"的存在。

格雷格将种族斗争视为保持文明社会生机勃勃和继续进步的唯一方法。只有通过消灭他人，我们才能避免种族衰落，而种族衰落本来就是文明之于自然选择的胜利所带来的后果。

130

我一直在电脑上面烹饪。我在微波炉门上烹饪，它可以加热食物。

我带着盛了晚餐的磁盘走在回家的路上，上地铁时遭到一个身穿民族服装、头戴一顶彩色针织帽男子的攻击。他抢走了我的磁盘。我试图阻止他，却因用力踢到床边的椅子而醒了过来。现在走路时脚还疼着。

131

达尔文的表弟弗朗西斯·高尔顿在其作《遗传的天才》（一八六九年）中继续了相关的讨论。

高尔顿认为，地质变化的历史表明动物物种如何不断被迫适应新的生活条件。文明就是人类必须学会适应的一种新的条件。很多人失败了。大量的人类种族在文明要求的压力下被彻底消灭。

"可能在这之前的任何一段历史时期,没有任何一个动物物种像野蛮人那样,遭受过如此大范围的、快到令人震惊的毁灭。"

这应该给我们的一个教训。因为即使我们这些创造了文明的人,也在屈服于它。政治家和哲学家,手工业者和工人们,如今都面临着他们无法掌控的要求,高尔顿写道。

结论很清楚:如果我们不想走那些已灭绝动物物种和人类种族的老路,我们就必须寻求改善遗传因素,从而提高我们在文明所创造的生存条件下存活的能力。

高尔顿在十九世纪剩下的时间里致力研究和提出实现遗传因素改善的各种方法。他有很多追随者,不仅仅是在德国。乌普萨拉国家种族生物学研究所直到二十世纪五十年代仍然存在。

132

本杰明·基德在其大获成功的《社会进化论》(一八九四年)一书中引用了高尔顿的这段文字,并从中发现,盎格鲁-撒克逊人灭绝那些发展水平较低种族的效率要比其他种族高得多。在其自身文明内在力量的驱动下，盎格鲁-撒克逊人来到陌生的国度，开发那个国度的自然资源，这样的结局似乎是不可避免的。

种族间的斗争必然导致低等种族被征服，甚至被毁灭。这并不只发生在遥远的过去，而是仍然在我们眼前发生，在我们如此引以为傲的盎格鲁-撒克逊文明的庇护之下，我们愿与最崇高的人类理想紧密相连。

对于想要在斗争中保住自己位置的种族来说，消灭其他种族是严峻的必要条件之一。我们可以让这些条件更加人性化，但无法从根本上改变它们。它们的生理之根是如此牢固，以至于它们的影响我们根本无法逃避，基德这样写道。

133

华莱士、格雷格、高尔顿和基德的共同之处在于，他们为社会的现实形貌与地图所绘制的形貌不符而感到不安。错误的人得到了繁殖，自然选择没有惠及应该受到惠顾的人。于是坐观种族斗争便成了一种安慰。正是在种族斗争那里，理论似乎终于与现实吻合。因为正是这种现实曾经催生了这样的理论。

他们的共同之处在于对社会变化的不安，这跟他们小时候所经历的已经大有不同。我们是不是创造了一个有一天会像摧毁野蛮人一样摧毁我们的社会？它是否会以种族衰落之势从内部威胁我们？我们是不是偏离自然太远了？

他们所有人的共同之处还在于原谅和接受种族灭绝的意愿。灭绝是不可避免的。它激发了灭绝者的活力，而且有着深刻的秘密的动机。很难确定它是否真的让它的受害者感到了不快。

高尔顿坚称，被灭绝不能被称为"痛苦"。这更多的是一个消沉和冷漠的问题。在跟文明接触之后，两性干脆失去了对彼此的兴趣，因此后代减少了。这固然令人遗憾，但"痛苦"是谈不上的……

然而，是什么导致了冷漠呢？人们谈论的这些深刻的生理原因是什么？十九世纪之初，即豪伊森和梅里韦尔的时代，这些问题的答案似乎显而易见。可到了十九世纪九十年代，它们便消失在了种族主义的迷雾之中。

134

背过去,排成一排,等待子弹从背后射来。等待射击,等待疼痛,等待终结。

我们有好几个。当我们等的时候,我们就写作。在射击开始之前,我们站在那里写作。

当我们的身体像尸体一样冰冷时,一张两英镑的邮政汇票到了,存根上是"感谢您的合作"几个大字。

135

我相信我已经证明了十九世纪的基本思想之一是,有些种族、民族、国家和部落正在消亡。或者正如英国首相索尔兹伯里勋爵一八九八年五月四日在阿尔伯特音乐厅发表的著名演讲中所表达的那样:"世界上的民族可以粗略地分为活着的和垂死的两种。"

这是一个非常接近现实的形容。

弱的民族越来越弱,强的民族越来越强,索尔兹伯里继续说道。事物的本质就在于,"活着的民族逐步侵吞那些正在死去民族的领土"。

他说的是实话。十九世纪,欧洲人侵占了亚洲北部、北美洲、南美洲、非洲和大洋洲的大片领土。而"垂死的民族"之所以垂死,正是因为他们的土地被夺走了。

"种族灭绝"这个词还没有被发明出来,但事情已经存在了。

我并不是说约瑟夫·康拉德听了索尔兹伯里勋爵的演讲。他不需要这么做。他读过迪尔克发表在《大都会》上的文章,读过威尔斯的《星际战争》,读过格雷厄姆的《希金森的梦想》,这就足够了。就像他同时代的人一样,康拉德无法避免听到标志其时代特征的持续不断的种族灭绝。

是我们压抑了它,我们不愿意想起。我们希望种族灭绝始于纳粹主义并终于纳粹主义——这才是最令人欣慰的。

我相当确定索尔兹伯里勋爵讲话时,九岁的阿道夫·希特勒并不在阿尔伯特音乐厅里。他不需要在。他已经知道了这一切。他和所有其他西方人打小呼吸的空气中都浸透着这样的信念:帝国主义是生物学上的一个必经过程，根据自然法则，它将导致低等种族不可避免的毁灭。而这一信念在被希特勒付诸高度个人化的实践之前，就已经导致了数百万人的丧生。

生存空间，死亡空间

"强大种族消灭弱小种族的权利。"

136

德国人在十九世纪中叶还没有灭绝过任何民族，因此他们能够比其他欧洲人更批判性地看待这种行为。

德国人类学家西奥多·魏茨在《自然民族的人类学》（一八五九年至一九六二年）中对面临灭绝威胁的民族进行了最彻底的调查，总结并分析了旅行学者报告中的信息。

他的学生格奥尔格·格兰德在《论自然民族的灭绝》（一八六八年）中专门研究了灭绝问题。

格兰德梳理并评估了辩论中提及的每一个可能想象得到的原因：自然民族对自己身体和孩子的疏忽，对某些食物的禁忌，懒惰、僵化、忧郁等性格特征，性堕落，酗酒倾向，部落战争，同类相食和活人祭祀，频繁的死刑，恶劣的环境，最后是高等文化的影响和白人对待殖民地人民的方式。

他的结论是,白人的疾病通常是决定性的灭绝因素。即使健康的白人也可能具有传染性,因为他们携带"瘴气",一种"疾病之尘",这是当时人们对细菌和病毒的叫法。

一个民族曾经生活的地方离"疾病之尘"越遥远,受"瘴气"影响就越强烈。欧洲人渐渐获得了对"瘴气"的抵抗力,这是生活在大自然中的民族所缺乏的。于是,自然民族只能死去。

但更决定性的因素是白人的敌对行为,这是整个人类历史上最黑暗的篇章。格兰德说,所谓"文化暴力"甚至比身体暴力更加有效。

自然民族的生活方式完全适应了气候和自然,任何突如其来的变化——无论看起来多么无害甚至有益——都是毁灭性的。根本性的变化——比如将以前属于公共财产的土地私有化等——扰乱了他们整个生活方式的基础。欧洲人出于贪婪或缺乏理解而摧毁了当地人思想、感受和信仰的一切根基。当生命对他们来说失去了意义,他们就会消亡。

身体暴力是最一目了然的灭绝因素。白人的嗜血性尤为可怕,因为它属于智力高度发达的人群。不能说暴力只是可以追究到某个人的个体行为——不,"暴力是由殖民地所有人,或者至少是由认可暴力的所有人共同实施的。是的,即使在今天,暴力也并不总是受到谴责"。

自然民族必然消亡并非自然法则。迄今为止,只有少数几个民族被彻底灭绝。在他们中间,我们并没有发现任何身体上或精神上的发展障碍,格兰德总结道。如果这些原住民的自然权利得到尊重,他们就会继续生存下去。

达尔文读过格兰德这本书,并在《人类的由来》(一八七一年)中提到了它。但他还是更多地受到莱尔、华莱士、格雷格和高尔顿的影响,这些人已经从《物种起源》(一八五九年)中得出结论,认为人类和社会都必须遵循"达尔文主义"。达尔文被那些模仿他的人抢了先,又似乎被他们更高的企图所诱惑。

137

世纪之交,德国在该领域的权威是弗里德里希·拉采尔①。他在《人类地理学》的第十章专门讨论了"低等文化民族在文化接触时的衰退"。

他写道,这已经成为一条可悲的法则,即低等民族因与有教养的民族接触而消亡。这适用于绝大多数澳大利亚人、波利尼西亚人、北亚人、北美人以及南非和南美的许多民族。"认为这种消亡是由个别种族的内在缺陷造成的观点是错误的。"拉采尔写道。是欧洲人造成了毁灭——因为"优等种族"占少数,所以它必须削弱原住民才能获得统治地位。于是原住民被杀戮、掠夺和驱逐,他们的社会组织遭到破坏。

白人政策的基本特征是强者对弱者的暴力,目的是从后者手里夺取土地。这种现象在北美洲表现得最为壮观。渴望土地的白

---

① Friedrich Ratzel(1844—1904),德国地理学家,地理环境决定论的倡导者。

人拥入印第安人脆弱的定居点与部分败落的定居点之间。在拉采尔的时代，大量移民源源不断地拥入原住民的地盘，这不仅有违契约，而且是造成印第安人灭绝的主要原因之一。

就目前而言，拉采尔听起来跟格兰德没什么两样。自魏茨以来，这一直是德国人类学界的立场。毕竟，德国人没有自己的殖民地。

138

但到了十九世纪八十年代初，殖民野心也开始在德国觉醒。拉采尔出版《人类地理学》的同一年，他参与创立了"泛德意志联盟"。这是一个以建立德意志殖民帝国为首要目标的右翼激进组织。

这导致拉采尔对低等种族灭绝的看法出现了一些矛盾。

问题是，他继续说道，这一"可悲的过程"是否真的受某种"恶魔般的必要性"的驱使？虽然暴力和夺地确实是造成原住民衰退的主要原因，但如果因此认为这也正是导致他们灭绝的原因的话，这样的逻辑未免太简单了。

任何一个观察得足够深入的人都会发现，欧洲的入侵其实只是强化了业已存在的邪恶。在缺乏文化的民族身上，内在的破坏力会因最轻微的刺激而被激发出来。因此，他们的衰退不能仅仅被视为更先进民族入侵的结果。

不，缺乏文化的人本质上都是被动性格。他们倾向于寻求忍受，而不是去克服导致其数量减少的境况。与欧洲人的接触只是加快了此前已经出现的灭绝的进度。很多文化水平较低的民族之所以灭绝，是因为内在的原因，而不是因为任何外部的入侵。

于是，拉采尔又回到了原点。他如今所坚持的，正是他一开始予以否定的。而对于一个未来的帝国缔造者来说，这样一个新的立足点无疑更加舒适。

139

按照拉采尔的意思，犹太人不能真正被视为"低等文化民族"。恰恰相反，对犹太人的标准指控是，他们在德意志文化生活中的地位过于主导。

但是在其《政治地理学》（一八九七年）一书中，拉采尔还是将他们跟那些在他看来注定灭绝的民族联系在一起。犹太人和吉卜赛人跟"非洲内陆发育不良的狩猎民族"和"无数类似的存在"一起被归为"没有土地的散居的民族"。

另一方面，没有民族的土地已经不复存在。就连沙漠如今也不能被视为无主的荒地。一个需要更多土地的不断成长的民族必须去征服土地，"通过杀戮和驱逐将有主之地变为无主之地"。

伯里克利斯[①]时代就曾削减埃伊纳岛的人口来为雅典定居者腾出空间。古罗马也发生过类似的移居。从那时起，这种迁移就变得越来越必要，因为无人居住的土地变得越来越少，直到最终不复存在。"殖民早已变成了取而代之。"

美洲的殖民历史提供了大量被驱赶和被迁移的民族案例。"较之原住民文化，移民文化的等级越高，迁移的过程就越容易……"

---

① Pericles（约前495年—前429年），古希腊政治家，演说家。

美国是空间快速扩张的最佳案例：从一七八三年的一百一十平方英里，到一八〇三年的二百九十平方英里，再到一八六七年的五百七十平方英里。

欧洲是人口最为稠密、增速最快的大陆。因此，对欧洲来说，殖民地是一种刚需。

但认为殖民地必须位于大洋彼岸的想法是错误的。边境殖民也是殖民。近在眼前的财产比远在天边的财产更容易守卫和同化。拉采尔指出，俄国在西伯利亚和中亚的扩张是这种殖民方式的一个最重要的例子。

就像国王花园里指明方向的卡尔十二世的塑像一样，拉采尔根据自己的想法，指出了德国的未来在政治地理版图中的位置。

希特勒于一九二四年得到此书，当时他正在兰茨贝格监狱里写《我的奋斗》。

140

晚餐是蟾蜍。活蟾蜍。就在我要咬掉蟾蜍脑袋的时候，我醒了。蟾蜍脑袋仍在我的手里抽动。

141

那么国际法呢？

英国人始终将自己的扩张视为一种理所当然的权利，却把法国人在北非和俄国人在中亚的扩张视为应受谴责的侵略行为。德国人的扩张是不道德的顶峰——在这一点上，法国人、俄国人和英国人达成了一致。

罗伯特·诺克斯得出强权即正义的结论："就在我写下这段话的时候，凯尔特人正准备以与我们夺取印度斯坦相同的权利，即强权，武力（唯一真正的权利就是武力）夺取北非。"

英国人对法国的入侵感到震惊，认为那是残酷的侵略。但我们忘了，诺克斯表示，法律是用来约束弱者而被强者打破的。我们真的能指望强大的法国满足于"被禁闭、被束缚、被限制"，待在战争的命运安排给他们的边界之内？不，当然不会。

即使法国仅仅被视为一个国家也是如此！如果我们从更高

的视角来看，提醒自己法国代表的是一个种族，那么我们就会意识到法国的主张是完全正当的。诺克斯在一八五〇年写道："凯尔特人要求继承跟他们的能量、数量、文明和勇气相匹配的那部分地球。"如今，同样的理由也被拿来作为德国东扩的动机。

142

作为格拉斯哥大学的德语讲师（一八九〇年至一九〇〇年），亚历山大·提勒逐渐了解了英帝国的意识形态。他将达尔文和斯宾塞的理论与尼采的超人哲学结合起来，形成一种新的"进化伦理学"。

在国际法领域，这种进化伦理意味着强权即正义。通过取代低等种族，人类只是在做组织得更好的植物对组织得较差的植物所做的事，只是在做较发达的动物对欠发达的动物所做的事。"所有历史权利都对强者的权利无效"，提勒在《公共服务》（一八九三年）中这样写道。

在自然界，高等的物种总是战胜低等的物种。即便不受伤流血，弱小种族也会灭绝。这是"强大种族消灭弱小种族的权利"。

"当某个种族无法维持其抵抗力的时候，它就没有了存在的权利。因为任何无法保护自己的人都必须甘于屈服。"

提勒提出的这些"铁律"如此笼统，以至于可以轻易地将其应用于其他大陆上的自然民族，应用于经济上较不成功的欧洲民族。

次年，即一八九四年，泛德意志联盟的报纸《泛德意志报》指出，德意志民族的生活条件只能通过从波罗的海到博斯普鲁斯海峡的活动空间得到保证。在这种情况下，人们不应该让自己受到这样一个事实的阻碍，即捷克人、斯洛文尼亚人和斯洛伐克人等低等民族将失去他们无论如何都对文明毫无价值的存在，只有"较高文化的民族"才配拥有自己的"民族籍"。

143

那些大男孩发起进攻时，我正躲在儿时家里的楼上。我在楼梯上与他们对峙，折断一大截栏杆和扶手当武器保护自己。可是它们像蛋白酥一样又轻又脆，立马碎成了渣渣。我一下子就被制服了。

然后壁纸从我父母卧室的墙上脱落，滑到地板上。尽管我对这种浮夸的大花图案一向无感，但它一点点脱落的样子着实让人害怕。图案就像某种骨架，即便它露在外面。生命的整个结构已坍塌，只剩下光秃秃的墙壁。

144

一九〇四年在西南非，德国人展示了他们也掌握了美国人、英国人和其他欧洲人贯穿十九世纪的艺术——加速消灭低等文化民族的艺术。

德国效仿北美，将赫雷罗人驱逐至保留地，他们的牧场被移交给德国移民和殖民公司。当赫雷罗人反抗的时候，阿道夫·勒布雷希特·冯·特罗塔将军于一九〇四年十月下令消灭赫雷罗人。在德国边界内发现的每一个赫雷罗人，无论是不是持有武器，都将被射杀。不过他们中的大多数人不是因为暴力而死。德国人只是将他们驱逐至沙漠，并封锁了边境。

"对沙漠地区长达一个月的严格封锁，让消灭工作得以完成。"总指挥部有关战事的官方记录显示，"垂死者临终的喘息声和疯狂的怒吼声……在无尽的崇高的静默中回响。"

"惩罚完成了。赫雷罗人不再是一个独立的民族。"

这是一个让总指挥部引以为傲的结果。他写道，军队赢得了整个祖国的感激之情。

雨季来临时，德国巡逻队在干燥的坑地周围发现了骨骸。那些坑深二十四英尺到五十英尺不等，是赫雷罗人为找水源而徒劳地挖出来的。几乎所有人——八万人左右——都死在了沙漠里，只有几千人幸存下来，被判去德国集中营服苦役。

由西班牙人于一八九六年在古巴发明，被美国人英语化后又被英国人在布尔战争中再次使用的"集中营"一词，就这样进入了德国人的语言和政治之中。

145

总指挥部的记录显示,那场叛乱的原因是"赫雷罗人好战和爱自由的天性"。赫雷罗人谈不上特别好战。他们的首领塞缪尔·马赫雷罗二十多年来跟德国人签订了一个又一个协议,并割让了大片土地以避免战争。可就像美国人不认为自己受与印第安人签订的协议的约束一样,德国人也不认为作为高等种族,他们有必要遵守与原住民签订的协议。

与北美一样,德国世纪之交的移民计划的前提是,将原住民从所有有价值的土地上清除出去。因此,他们视这次叛乱为"解决赫雷罗问题"的一个机会。

虽然没有说"终极解决方案",但其实就是这个意思。

英国人、法国人和美国人长期以来用作种族屠杀的辩护词如今有了对应的德语表述:"无论对民族还是对个人来说,不创造价值的存在,就不能要求生存的权利。"保罗·罗尔巴赫在他的畅销书《世界上的德国思想》(一九一二年)中这样写道。作为德国在西南非移民计划的负责人,他学会了他的殖民哲学:"任何虚假的慈善或种族理论都无法让明智的人相信,保护南非某个卡菲尔部落……对人类的未来比伟大的欧洲国家和白种人的扩散更重要。"

"原住民只有在为高等种族服务——也就是为他们自己的进步服务——过程中学会生产价值,他们才能获得生存的道德权利。"

146

我从位于酒店天台的位置向阿加德兹的广场望去。那里走来一个黑人,戴着亮闪闪的反光墨镜,穿着灰色灯芯绒西服。他有生存的权利吗?

那个穿着黑色风衣的他呢?或者那边那个穿着带白色条纹的红色运动服的他呢?人们常说,对于美来说,一切都是适合的。但情况理应是,对于骄傲来说,一切都是适合的。这些人一举一动都像国王一样。尤其是那些穿着白色衬衫、斗篷飘扬,戴着像鹰巢一样的头巾的男人。他们通常手牵着手走路,除了嘴里可能叼一把牙刷或腰上别一把佩剑之外,其他什么都不带。

他们的生活方式面临威胁。游牧民族一方面受到不断扩张的沙漠的侵袭，另一方面受到如今已经延伸至沙漠边缘的农民耕地的入侵。

当干旱来袭、牧草消失、水井干涸的时候，游牧民族就会前往阿加德兹城。干旱结束后，有些人会回去，但绝大多数人留了下来——他们再也没有精力去跟沙漠作斗争了。他们围着阿加德兹住下来，挤在铺有拉菲草垫子的狭小的圆形帐篷里。这就已经让这座城市的人口增加了两倍。

他们聚集在骆驼市场。有时，沙尘让我无法继续一天的工作，我就会去那里。强劲的晚风将人和动物卷入尘雾之中。在这片薄雾中，蒙着厚重面纱的男人们各自站立，互相审视着对方的骆驼。

骆驼发出响亮尖锐的抱怨声，抗议每一个变化。它们的嘴呈烟灰色，臭烘烘的，舌头像楔子一样尖。它们像恶龙一样发出嘶嘶声，像蛇一样攻击人，制造可怕的咬伤，然后用摇摇晃晃的长腿不情愿地站起来，像某种特大型灵缇一样站在那里，蜂腰鼓肚，傲慢地俯视着周围的一切，眼神里充满了难以形容的蔑视。

同样的傲慢也体现在它们的主人身上。他们常常无法想象放弃自己的生活方式，可他们不能靠互相贩卖骆驼来维持生计。他们也不能靠用驼队把自制的沙漠盐从比尔马或图吉丹运出去来营生，因为一辆卡车能装的货物比一百头骆驼还要多。

图阿格雷人不像亚马孙或婆罗洲丛林的原住民那样遭到猎杀，但他们生活的根基正在像融化的浮冰一样慢慢消失。很多人成功地跳到了另一块浮冰上。原来的驼场变成了修理厂和柴油站。那些成了司机的图阿格雷人，他们的沙漠知识派上了用场。其余的图阿格雷人则鄙视或无法应对这样的改变。他们的生活就像我在航空酒店房间的门锁一样。所有的组件都装反了，因此所有动作都得是反着的。我把钥匙插进去上下活动，用开锁的方向锁门，用关锁的方向开门。

147

今晚屋顶上坐着一位德国教师，七年来，他的每一个假期都是在撒哈拉度过的。他视在不得不折回之前尽可能朝南走为一种乐趣。明天他将乘大巴前往尼亚美①，然后飞回德国。

他那台毕剥作响的晶体管收音机告诉我们，此刻在德国，新纳粹分子几乎每天夜里都会对某个难民营发起袭击。在瑞典，难民营也遭人纵火。在巴黎，勒庞②在五一劳动节发表讲话。

"我听了他的讲话，"一位在尼日利亚米其林工作的法国工程师说，"我以为当法西斯主义卷土重来时，它会伪装成明亮友好的颜色，这样就很难被认出来。我没想到它会以棕色衬衫和黑色皮衣的形式出现。我没想到它会是被剃光的头、万字符、靴子和军官肩上的绶带。我没想到它会称自己是'国家的和社会主义的'。"

但不难看出，它即将到来，带着对纳粹主义的承继，大摇大摆地出现在我们面前。同样的对领袖每一句话的高声应和。同样的仇外。同样的暴力准备。同样的受伤的男子气概。

---

① Niamey，尼日尔首府。
② Jean-Marie Le Pen（1928— ），法国政治家。

"还有同样的土壤,"那个德国人说,"战后每个人都害怕失业,每个人都知道失业会导致什么后果,并且可能使局面再次恶化。这样的领悟持续了二十五年。然后就被人遗忘了。"

它带来的好处是诱人的。百分之五、百分之十、百分之十五或百分之二十的失业率给雇主带来巨大的优势。劳动力小心翼翼地踮起脚尖,渴望受到剥削。

而这只是开始。大量的失业者出现在欧洲的里奥格兰德河①对岸——出现在亚洲和非洲。"等着吧,他们会拥向我们,"那个德国人说,"等着吧,等国界线像柏林墙一样倒塌,一切都将成为一个巨大的劳动力市场。看到时谁会赢得大选?"

148

在弗里德里希·拉采尔于世纪之交将其更名为"生存空间"之后,泛德意志联盟的"活动空间"便如虎添翼。

---

① Rio Grande,里奥格兰德河是美国与墨西哥之间的界河。这里引申为欧洲的边界。

地理学家拉采尔最初是动物学家。在"生存空间"这个概念中，他把研究生命的生物学与研究空间的地理学结合在一起，形成了一个装满了政治火药的新学说。

拉采尔在《生存空间》（写于一九〇一年，一九〇四年出版成书）中写道："生命永不停歇的运动与地球不可变更的空间之间存在着一种矛盾，这种矛盾时时处处都会引发斗争。"生命第一次触到空间的边界后，生命就一直在与生命争夺空间。所谓"生存斗争"，其实就是针对空间的斗争。真正的"空间不足"在殖民地共同生活的动物身上表现得最为明显。先到的动物占据最好的地方，后到的只能满足于最差的地方。在它们中间，幼崽死亡率最高，地上随处可见它们的尸体。

类似的过程也出现在人类生活中，拉采尔写道。他的读者知道他指的是什么。德国属于欧洲国家中最后抵达的。在一个殖民列强已经瓜分好了的世界，德国必须满足于最糟糕的地方。这就是为什么柏林和汉堡那些失业者的孩子正在死去，这就是读者应该得出的结论。

拉采尔年轻时曾游历北美，目睹了白人和印第安人怎样为土地而斗争。这种斗争对他来说成了一种范式，一种他不断回归的范式。

数十万受尽侮辱的印第安人被驱赶至不宜居住的区域，眼睁睁地看着自家土地上的人和动植物被欧洲化。西班牙人建造城镇，统治着从事农业生产的印第安人。在北美洲的日耳曼和法国定居者则从当地人那里接管了土地，以便自己耕种。"结果是一场歼灭战，战利品是土地，是空间。"

斗争不仅仅是为了"居住空间"，就像鸟儿筑巢那样。它涉及谋生所需的更大的生存空间。为了征服并维持足够的谋生空间，其他人必须被取代，也就是说，失去空间通常意味着物种逐渐变弱、消亡，彻底脱离原来的空间。

地球上生存空间的不足使得旧物种必须消失，这样才能为新物种辟出空间。灭绝是创造与进步的前提。"自然民族因文化民族的出现而消亡的历史提供了很多这样的案例。"

旧物种的空间丧失有多少是因为诸如生命力衰退等的内在原

因，又有多少是因为新物种的胜利进步，这仍然是一个悬而未决的问题。可以肯定的是，一个物种的衰退总是表现为它不断被挤压的生存空间。

进化史上的最大的谜团之一是，一些最古老、最庞大的动物群体在第三纪前夕灭绝了。那些在三叠纪、侏罗纪和白垩纪统治陆地和水域的爬行动物在第三纪初期灭绝了，取而代之的是哺乳动物和鸟类。

我们不知道为什么。拉采尔说，单从我们的起点来看，就足以确定所发生的事情：一个动物物种在空间上取代了另一个动物物种。物种灭绝之前通常会出现数量上的下降，这也表明其生存空间正在缩小。

无需拉采尔本人得出结论。结论不言自明：一个不想重蹈恐龙命运的种族必须不断扩大自己的生存空间。领土扩张是最安全的。事实上，从根本上来说，这是证明国家和种族生命力的唯一的真实的标志。

149

拉采尔的那些观点很好地总结了十九世纪所发生的事情。欧洲人遍布四大洲，英、法、俄帝国不断发展，这些都似乎表明领土扩张是必要的，它给征服者带来了好处。停滞的领土就像今天停滞的经济一样，被认为是不正常和不祥的。

但即使在一九〇〇年，在生存空间的概念诞生之时，这种观点就已经过时了。领土面积对于农业国家来说至关重要，但对于工业国家来说，另外一些因素更为重要。地理上微不足道的德国，在十九世纪初的经济发展速度跟幅员辽阔的美国一样快，比英帝国要快得多。技术和教育已经成为比空间大小更重要的经济驱动力。

因此，生存空间理论成了一种怀旧。也许正因如此，它才大获成功。它呼吁最后抵达的大国效仿它的前辈。在德国素有"一八七〇年以降之失败者"之称的法国已经建立了世界第二大殖民帝国。德国为什么不这样做呢？德国已经落后了。德国必须迎头赶上!

彼时人们认同的标准不是国内生产总值、出口总额或者生活水平(德国占据优势的方面),而是版图。

生存空间理论敦促德国利用自己通过新的生产方式——工业——所赢得的力量,去获取更多旧的生产方式——土地。这就好比那些新的工业大亨通过把旧贵族从庄园和城堡赶走来展示自己的力量一样。

为什么要这样?是啊,健美运动员为什么要增肌?因为扩张就是目的本身。

有人说,人口的增长需要空间。一个不能"养活自己"的民族注定要灭亡。至于为什么?没有答案。

希特勒为了获取更多农业用地而发动战争,几十年后,所有欧洲国家都开始花钱请农民减少耕种。

150

阿道夫·希特勒登上政治舞台之时,德国已经丧失了一个扩张机会。英国海军统治着海洋，阻止任何一个征服殖民地新土地的企图。

剩下的只有大陆。希特勒在《我的奋斗》（一九二五年至一九二七年）中描述了德国和英国如何瓜分世界。就像英国向西扩张到美洲、向南扩张到印度和非洲一样，德国将向东扩张。希特勒东扩政策的巅峰是一九四一年六月入侵苏联。

德国鼓吹这场战争是一次针对共产主义的十字军东征，希望通过这种方式赢得西欧和美国所有仇恨共产主义的人的同情。然而倘若不存在经济上的原因，那么这场十字军东征永远不会发生。

从短期看，希特勒想通过征服苏联西部的农业地区来改善战时德国的粮食状况。这样一来，苏联将有数百万人死于饥荒，从而形成一个长期优势。从长远看，希特勒打算将这些农业地区纳入德国的生存空间。这些"通过杀戮和驱逐当地居民而变成无主之地"（参见拉采尔）的土地将会落入德国人手中。人口大幅减少的斯拉夫人，将像西南非的赫雷罗人那样，成为德国主人的用人和长工。

151

一九四一年九月十八日晚,希特勒为他的盟友们描绘了一幅美好的未来图景,其中的乌克兰和伏尔加河流域已经成为欧洲的谷仓。在那里,德国工业将用谷物换取便宜的日用品。"我们将向乌克兰人提供头巾、玻璃珠及其他殖民地人民喜欢的东西。"

当然,他是在开玩笑。不过要理解希特勒的东征,重要的是要认识到他认为自己正在打一场殖民战争。这样的战争适用特殊的规则,这些规则是最受德国极右翼爱戴的政治学家海因里希·冯·特雷奇克在《政治学》(一八九八年)一书中已经确立下来的:"如果国际法的标准也适用于野蛮人的话,那么国际法就变成了一纸空文。为了惩罚黑人部落,必须烧毁村庄,如果不树立这样的榜样,那么我们将束手无策。如果德国在这种情况下使用国际法,那将不是人道或正义,而是可耻的软弱。"

特雷奇克只是用文字表达了欧洲国家长期以来的做法,如今希特勒却将其付诸实践，用它来对付其在东方的准"殖民地民族"。

在与西方列强的战争中，德国人遵守了战争法则。只有百分之三点五的英国和美国战俘死于囚禁，苏联战俘死于囚禁的数字却达到了百分之五十七。

总共三百三十万苏联战俘因饥饿、寒冷、疾病、处决和毒气而丧生，其中二百万死于战争第一年。奥斯威辛集中营里第一批被毒气毒死的人就是俄国人。

这些屠杀与针对犹太人的屠杀有一个关键性的区别。在非犹太人的俄国人中，只有某类人——首先是知识分子和共产党人——被彻底消灭。至于其他俄国人，按照计划，有一千万左右将被消灭，剩下的将作为奴隶劳动力继续听命于德国人，而犹太人则全部要被消灭。

在这一点上，这场大屠杀是独一无二的——这里指的是在欧洲。但若纵观西方国家在其他大陆上的扩张历史，灭绝整个民族的案例简直不胜枚举。

152

我的肚子被一个巨大的血泡填满。我的肚子里全是黑色的血。

就像脚指甲盖下面的血液凝固后趾甲会变黑并脱落一样,我的身体也会变黑并脱落。

剩下的只有在皮肤膜下跳动的血液,单薄且微微发亮,就像肥皂泡一样。

一滴巨大的黑血,在其表面张力的作用下暂时凝聚在一起——这就是我,在我爆裂之前。

153

"纳粹最恶劣的行径(尤其是对犹太人的屠杀)……与纳粹计划中的帝国主义部分关系不大。"伍德拉夫·史密斯在《纳粹帝国主义的思想意识渊源》(一九八六年)中这样写道。

史密斯是这个领域的大专家,但在我看来,他错了。

帝国主义的扩张为纳粹灭绝犹太人提供了实际的可能性和经

济上的理由。灭绝计划的理论框架——生存空间学说——属于帝国主义传统的一部分。灭绝犹太人的历史模式也属于同一传统：殖民地的种族灭绝。

对犹太人的大规模屠杀开始时，德国只剩下二十五万犹太人。其余的要么逃离，要么被驱逐。波兰和俄国有大量的犹太人。希特勒只有通过进攻和征服那些地区，才能获得杀害他们的实际可能性。

征服背后的主要目的不是屠杀犹太人，就像美国人西进并非为了屠杀印第安人一样。其目的是扩大德国自己的生存空间。俄国的犹太人正好生活在希特勒所追寻的地区，占那里总人口的百分之十，占城市人口的百分之四十。

对于忠诚的纳粹分子来说，杀害犹太人是执行党纲最核心部分的一种方式。对于不那么忠诚的纳粹分子来说，这是一种减少食物消耗并为未来的德国移民腾出空间的实用方法。德国的官僚机构将"去犹太化"视为清除"过多的吃饭的人"，并由此创造一种"人口与粮食供应之间的平衡"。

希特勒本人在其整个政治生涯中受到狂热的反犹主义的驱使。这种反犹主义思想有着一千多年的传统，时常导致对犹太人的迫害甚至大规模屠杀。然而，直到反犹主义传统与欧洲在美洲、大洋洲、非洲和亚洲扩张期间产生的种族灭绝传统相遇，大规模屠杀才迈出了通往种族灭绝的那一步。

根据生存空间学说，犹太人就像非洲内陆那些发育不良的狩猎民族一样，是一个没有土地的民族。他们比俄国人和波兰人还要低等，根本没有生存的权利。而如果低等民族（无论是塔斯马尼亚人、印第安人还是犹太人）碍事，那他们就应该被消灭。这是很自然的事。

纳粹给犹太人的外衣上加了一颗星，把他们集中到保留地——就像对印第安人、赫雷罗人、布须曼人、北恩德贝莱人以及所有其他星星的孩子们一样。在那里，当食品供应被切断，他们会自行死去。这是一个可悲的法则：低等民族因与有教养的民族接触而消亡。如果他们死得不够快，那么就仁慈地缩短他们的痛苦。因为无论如何，他们都是要死的。

154

奥斯威辛是灭绝政策的现代工业应用,欧洲的世界统治地位就建立在这一政策之上。

去津德尔①

155

纳粹对犹太人的屠杀，就像所有其他事件一样，无论多么"独特"，都必须放在其历史背景中来看待。

阿尔诺·约·梅尔在其颇具争议的著作《为什么天堂没有变暗——历史上的"终极解决方案"》（一九八八年）中，直接追溯到三十年战争的可怖场面，追溯到一六三一年五月十日马格德堡的围攻——当时有三万名男人、女人和儿童被杀，甚至再往前追溯到一〇九六年十字军对美因茨一千一百名无辜居民的大规模屠杀，试图为第二次世界大战期间的犹太人大屠杀寻找历史上的参照。

然而他没有提到在各大洲之间强行转移了一千五百万黑人并杀害了可能同样多人数的欧洲奴隶贸易，也没有提到十九世纪的欧洲殖民战争或惩罚性远征。哪怕朝这个方向瞥上一眼，他就会发现基于明确的种族主义信仰的残酷灭绝的案例如此之多，三十年战争和十字军东征遥远得根本不值一提。

在我独自穿越撒哈拉的旅途中,我去过两个"美因茨"。一个叫扎阿恰②,一八四九年那里的全部人口都被法国人消灭;另一个叫艾格瓦特③,一八五二年十二月三日的一场血雨腥风后,剩下的三分之一人口——主要是妇女和儿童——遭到屠杀。仅在一口井中就找到了二百五十六具尸体。

这就是他们与低等种族交往的方式。虽然不适合拿出来公开讨论,但也不是什么需要隐瞒的事情。这属于惯常的做法。只是偶尔会有一些争论。比如,在约瑟夫·康拉德创作《黑暗之心》以及中非远征队前往津德尔期间就发生过一些争论。

156

开往津德尔的大巴七点半发车。黎明时分,我找到了一个有

---

① Zinder,尼日尔中南部城市。
② Zaatcha,位于阿尔及利亚。
③ Laghouat,位于阿尔及利亚。

手推车的男子，他能帮我运走文字处理器和旅行箱。

这是一个刮风又寒冷的早晨。街对面的摊位摇曳着些许火光，几盏灯发出微弱的光，在晨光中败下阵来。

半小时后，司机来了，开始清洗那辆改装成大巴车的白色雷诺大卡车的车窗。车身两侧用巨大的红色字母写着：尼日利亚国家运输协会。

卖散装香烟和棒棒糖的小贩开始聚拢过来。一个瑟瑟发抖的男人端着红色的坚果走来走去。坚果已经去了壳，光溜溜、不大体面地躺在托盘里。一顶明黄色的婴儿帽勾勒出他无烟煤色的脸庞。

快到八点半时，那些盲女结伴而来，她们都唱着歌，她们都在乞讨，她们都由孩子领着，有几个背上还背着刚出生的婴儿。

九点钟，乘务员开始按照乘客名单点名，每个乘客发一张小纸片，纸片在新一轮点名后被换成前天已经订好并付了钱的车票。

一名男子站在一个桶上，把行李扔给司机，司机将行李放在大巴车的车顶上。随后车站站长上了大巴，站在一个很难让人听见他的声音的位置，开始了第三次也是最重要的一次点名。

要预测出像我这样的名字会被读成什么样子并非易事。我错过了我的名字，因此失去了我订好的车厢前部的位子，只剩下了最后面的位子。

我仍然可以改变主意。我仍然可以跳下车。最后一排有我永远也无法忍受的颠簸。一旦进入沙漠，就没有回头路了。无论发生什么，我们都必须坚持八个小时。此刻，此时此刻，唯有此时此刻，我还有下车的机会……

出发的那一刻，恐惧与喜悦始终交织在一起，这就像在一段伟大的爱情中失去了立足点。接下来会发生什么？我不知道。我只知道我刚刚把自己投入其中。

157

一八九八年领导中非远征行动的是沃莱特上校和沙努安上尉。

三十二岁的医生之子保罗·沃莱特，据他的军官同事说，"真心热爱血腥和残暴，偶尔还有些愚蠢的敏感"。事后有人说，他是一个软弱的人，被两个邪恶的人——他的黑人情妇和沙努安——所支配。

据人们描述,将军之子查尔斯·沙努安冲动、无情、残暴——"残暴出于冷血,也出于快乐。"两年前,也就是一八九六年,这两个朋友征服了位于今天的布基纳法索的瓦加杜古,展现了他们所擅长的烧毁村庄和屠杀原住民。面对这次新的远征,沃莱特向苏丹总督吹嘘他将如何通过烧毁村庄来粉碎对方的抵抗。

尽管他的名声不好,也可能多亏了他那不好的名声,沃莱特被任命为远征队队长。这次远征将探索尼日尔与乍得湖之间的地区,并像人们所说的那样,将其纳入"法国人的保护之下"。

此外,他的命令极其模糊。"我不会假装自己有能力向你们提供有关选择哪条路线,或如何对待原住民及其酋长的任何指示。"这位殖民大臣谦虚地写道。

沃莱特获准自由使用那些令他臭名昭著的手段。

158

从阿加德兹到津德尔是二百七十英里,二百七十英里像搓衣板一样的路程。高高的移动沙丘将大巴托起又摔下,带来强烈的令人眩晕的颠簸。

司机保持着良好的速度,以便在日落之前赶到目的地。我仿佛坐在一个跳动的气钻上,血液中的脂肪可能被震动搅打成了黄油。

与此同时,必须时刻做好从"马鞍"上站起来的准备,用大腿和手臂的肌肉而不是脊柱来承受巨大的颠簸。不过每五次或者每十次颠簸会有一次被我错过,我没有及时注意到司机将脚从油门上移开,我被猛地抛向地心。脊柱上的每一节脊椎骨都要散架了,它们之间的椎间盘必须承受全部的冲击。

开始的几个小时风很大。沙尘将白天变成了白夜。沙子席卷了草地和稀树草原。白色的草被淹没了,灌木丛绝望地乘着沙浪。偶尔能透过朦胧的沙雾瞥见一棵树,模糊不清的人影在空气中沙子的抽打下挣扎着前行。

沙漠出现时看起来好像沙子是攻击者,但真正致命的是干旱。死去的植物没有能力再固定和阻挡沙子。我们在稀疏的树林里行进了几个小时，那里只有百分之一的树木还活着。白色的树干就像扭曲的骨骼一样躺在地上。

在沙漠中行进五个小时之后，我们突然置身于田野之间。耕地的边界一直向前推进，直到与沙漠的边缘重合。游牧民族曾经在沙漠与田野之间找到的脆弱的生存空间已经不复存在。

159

一八九八年，中非远征队就在这沙漠的边缘行进。

它由九名法国、七十名塞内加尔正规兵以及三十名翻译和"代理人"组成。此外，他们还招募了四百名"辅助人员"——为获得掠夺机会而跟随法国人参加战斗的非洲人。在廷巴克图，九十名塞内加尔人加入了他们，受远征队里的克洛伯上校差遣。

沃莱特随队携带了大量武器和弹药，但没有以任何方式向这些搬运工支付报酬。他的手下只是抓了八百名黑人，强迫他们当搬运工。他们被抓时穿着适合炎热气候的衣服，在沙漠里则需要忍受夜间严寒的折磨。远征的头两个月里，暴发了一场疟疾，死了一百四十八名搬运工。沙努安让人枪杀每一个试图逃跑的搬运工，以此树立规矩。

他们从村庄强征食物，当然是不付钱的。加上装备和情妇，远征队已经发展到一千六百个人和八百只牲畜的规模，像成群的蝗虫一样，穿过通常处于饥饿边缘的地区。两个指挥官没有一个有沙漠地区行路的经验。远征队在一个个水坑间曲折前行，完全受制于动物和人每天四十吨水的刚需。

160

与此同时，约瑟夫·康拉德正坐在肯特郡彭特农场奇彭代尔风格的写字台边，用铅笔写下库尔茨的故事——一个以文明和进步的名义实施暴行的故事。他不可能受到同时期在法属苏丹发生的事件的影响，因为他对此一无所知。

直到一月二十九日，康拉德的故事快要完成时，一位法国军官——佩托中尉——才因"缺乏纪律和热情"被遣返。直到二月五日，佩托才写了一封十五页的长信给他在巴黎的未婚妻，告诉她他所参与的一些暴行。

佩托写道，在疟疾流行期间，那些强行招募来的搬运工遭到了虐待，被剥夺了相应的医疗救助。无法继续前行的人会被斩首。十二名搬运工因试图逃跑而被枪杀，其余的则五人一组，用颈链绑在一起。

为招募新的搬运工，法国人派出巡逻队，在黎明时分包围村庄，射杀每一个试图逃跑的人。作为执行命令的证据，士兵们带回了那些被砍下的头颅。沃莱特让人把这些头颅插在木桩上，以恐吓民众，让他们屈服。

在桑桑-豪萨——一个已经处于法国"保护之下"的村庄，沃莱特下令用刺刀杀死三十名妇女和儿童，这样可以节省弹药。据酋长库尔蒂的说法，还有更多的受害者。"我没有对他们做任何事，"他说，"他们要求的一切我都给了。他们命令我在三天之内交出六匹马和三十头牛。我照做了。可他们还是杀掉了所有能抓到的人。男人、女人和儿童，总共一百零一人被屠杀。"

161

佩托的未婚妻将他的信寄给了议员。四月中旬，政府被迫介入。苏丹总督命令廷巴图克的克洛伯上校找到沃莱特，并解除了他对远征队的指挥权。

就像康拉德小说中马洛出发前往内陆寻访库尔茨一样，克洛伯也开始了对沃莱特的寻访。后者的踪迹很容易找到——一路都是废墟和尸体，克洛伯越接近目标，废墟和尸体的数量就越惊人。

克洛伯找到了让沃莱特不悦的向导，他们被活活吊死在树上，吊得很低，足以让鬣狗吃掉他们的双脚，身体的其余部分则留给了秃鹫。在津德尔以西一百二十英里的村庄蒂比里外面，克洛伯发现十三具女人的尸体挂在树上。在离津德尔更近的库兰-卡里欧，挂着两具儿童的尸体。

一八九九年七月十日，克洛伯来到了小村庄达曼加拉，被告知沃莱特就在离这里仅几个小时路程的地方。

162

半夜,我父亲打来电话。我既吃惊又困惑,穿过酒店花园的夜色,跑到前台去接电话。当我拿起听筒时,除了空洞的毕剥声之外什么也听不到。

不能有其他任何期待,当我醒来时我这样意识到。毕竟,父亲已经死了。

热将我揽进它湿漉漉的怀抱中。撒哈拉沙漠的酷热像鞭子一样让人刺痛,但仅限于太阳照到的地方;树荫底下很凉快,到了夜里很冷。在津德尔,夏季气温很少低于一百零五华氏度。

静脉在皮肤下肿胀、蜿蜒、跳动、搏击,随时准备爆裂。手脚肿胀,脚底刺痛,手指像木槌一样,皮肤面不够大。脸肿了起来,毛孔张开,汗水突然从毛孔里奔涌而出,就像硕大的雨滴打在皮肤上一样。

我能感觉到下臂内侧有一股灼热感,注意到它已拂过我的肚皮。我被我自己的身体烫到了。

所有的肉都变厚、满溢，开始流动。动一下，全身都会湿透；不动，还是会湿透。

我喝了太多的水，体内的盐平衡被扰乱。这时我会吃盐，然后变得口渴，必须喝更多的水。我的肚皮鼓胀，我的身体暴汗。做什么都毫无助益。

第二天早晨，我像往常一样坐在法国研究所的图书馆里阅读克洛伯的日记。但我的思绪就像脑袋里凝固的血液一样僵住了。下午来得越来越早，人也越来越陷入热到麻木的状态。

傍晚坐在那里等酒店主人的收音机播放新闻的时候，从起起伏伏的干扰噪音中，我听到了大海的涌动。在我的上方，弥漫着令人愉悦的凉爽，巨大的空间粉碎机正轰鸣着向前。

163

克洛伯与沃莱特的会面甚至比康拉德小说中马洛和库尔茨的会面更加戏剧化，当时康拉德的小说已经完成并发表在《布莱克伍德》杂志上。不管怎样，马洛无需逼库尔茨跟他回去。库尔茨重病在身，经过一番劝说后就跟他回去了。沃莱特却没有这么做。

克洛伯派了一名中士和两名士兵带去一封信，信中简明地告知沃莱特他已被解除指挥权，需立刻回国。沃莱特回复说，他有六百支步枪可以对付克洛伯的五十支，如果克洛伯靠近他就开火。

七月十三日，沃莱特处决了一百五十名妇女和孩子，作为导致他的两名士兵在袭击附近村庄时丧生的惩罚。当天，他又写了一封信给克洛伯，警告他不要靠近。

克洛伯确信，无论是塞内加尔士兵还是法国军官，都不可能朝一位白人军官开枪。他指望自己借给远征队的那九十名士兵更愿意听命于他而不是沃莱特。但他并不知道，沃莱特和沙努安藏着他的信没有给其他白人看，并把其他白人派去周围执行另外的任务，只留下那些效忠于他们的黑人部队在身边。

七月十四日，法国国庆日，克洛伯和沃莱特的部队正面交锋。克洛伯严格命令部下在任何情况下都不得开火，然后他开始慢慢地朝沃莱特走去。沃莱特让他的士兵朝空中开了两枪。克洛伯走到彼此能听到的范围内时停了下来，开始直接对那些士兵讲话。

沃莱特怒不可遏，用手枪威胁部下，迫使他们朝克洛伯开枪。克洛伯受伤倒地，但仍然对他的部下大喊不要回击。紧接着的齐射杀死了他。

164

沃莱特自然没有读过康拉德刚刚出版的关于白人库尔茨的故事，这个库尔茨凭借恐吓和魔法让自己成了非洲大陆中心黑人王国的国王。

不过那晚那些白人军官回来后，沃莱特把发生的事情告诉了他们，并提出只有一个解决方案：他们将继续前往乍得湖，在那里建立自己的王国，"一个强大的、坚不可摧的、被无水的沙漠环绕的帝国"。

"我不再是法国人，我是一名黑人酋长。"沃莱特说。

次日，黑人中士决定叛变。一名翻译将此事告知沃莱特，却因没有提前发出警告而被即刻枪决。沃莱特跟沙努安一起跨上马，一边对士兵们说话一边朝他们开枪。士兵们回击，打死了沙努安。

第二天早晨，当沃莱特试图接近营地的时候，他也被枪杀。

法国军官们召开了军事会议，决定继续远征。他们朝津德尔行进，征服了这座城市。

165

酒店主人整日坐在花园里跟他的鹦鹉说话。他的声音充满慈爱，完全不似他跟周围人接触时用的那种粗鲁的命令口气。

有时他会把他的两条狗带到这里，在花园里训练它们。站在两条狗中间的是他的养子，一个漂亮的黑人男孩，是他死去的管家的儿子。

我是唯一的客人。

我埋头于津德尔的历史中。事实表明，一支规模大得多的法国远征队刚于一八九九年夏天穿越撒哈拉沙漠，正在前往津德尔的途中。因此，对于其他法国人来说，征服这座城市完全是多此一举。

但那支中非远征队的剩余人马最先抵达。这些人将通过占领津德尔而获得不朽的荣耀。远征队的军官们希望人们由此忘掉他们的罪行。他们是对的。

巴黎得知克洛伯被杀害后,于八月二十三日成立了官方调查组。在收集了三大纸箱的证词和文件后,他们找到了唯一可能的解释:气候。一定是非洲炎热的气候让沃莱特发了疯。

其他人的罪行得到了原谅和遗忘。法国保留了那些被占领的殖民地。

法国左翼于一八九九年获得执政地位,对继续深挖这件事不感兴趣。右翼更是兴趣寥寥。丑陋的真相就这样留在了调查组的纸箱子里。

166

不过,事情真相最终还是浮出了水面。受过教育的法国人大概清楚,或者甚至完全清楚,他们的殖民地是通过什么样的手段被占领和管理的。

就像二十世纪五六十年代受过教育的法国人清楚他们的军队

在越南和阿尔及利亚做了什么一样。

就像二十世纪八十年代受过教育的苏联人清楚他们的军队在阿富汗做了什么，同一时期受过教育的南非人和美国人也清楚他们的"辅助部队"在莫桑比克和中美洲做了什么一样。

就像今天受过教育的欧洲人清楚，当债务的鞭子在穷国上空呼呼作响时孩子们如何死去一样。

人们缺乏的并不是知识。受过教育的公众基本上都知道，以进步、文明、社会主义、民主和市场的名义已经犯下和正在犯下的暴行都有哪些。

167

在任何时代，否认或压抑这样的知识都是有利可图的。即使在今天，仍然有康拉德的读者认为，康拉德的这个故事缺乏普世性。

有人说，比利时国王利奥波德二世治下的刚果是个孤例。不能把小说视为对整个文明世界的控诉，因为比利时在刚果的高压统治是单一事件,在当时就已经受到了大多数理性人士的谴责。

然而就在康拉德写他这个故事的那几个月里,在另一条河(尼日尔河)上,发生了类似的甚至更恶劣的事件。

不,比利时人并非孤例,为他们服役瑞典军官亦非孤例。康拉德可以把他的故事放到任何一个欧洲民族中去。事实上,整个欧洲都在寻求最大化地实现"消灭所有野蛮人"。

当然,官方否认了这一说法。但个人与个人之间,大家都心知肚明。这就是为什么在康拉德小说中马洛可以那样讲述他的故事:无需细数库尔茨犯下的罪行,无需描述它们,无需拿出证据——因为没有人会怀疑。

马洛—康拉德能够相当冷静地假设,"内莉号"游艇上的绅士听众和《布莱克伍德》杂志的读者所知道的已经足够让他们理解这个故事,并且在自己的想象中将小说只做了暗示的细节逐一展开。这些藏于内心的知识就是那本小说创作的基本前提。

这些知识可以用学术语言来概括。比如,帝国主义是一个必经的生物过程,根据自然法则,这个过程不可避免地导致低等种族的毁灭。诸如此类的表述。但它实际发生的方式，它对灭绝者和被灭绝者的真正影响，则最多只是暗示而已。

当"黑暗之心"的故伎在欧洲之心重演时，没有人认出它来。没有人愿意承受那些众所周知的事实。

168

世界上任何一个知识受到压制的地方——这样的知识一旦公之于众，便会震碎我们的世界观，迫使我们质疑自己，在这样的地方，无一不上演着《黑暗之心》。

169

你是知道的。我也知道。我们缺乏的不是知识，我们缺乏的是认识到我们知道什么并且得出结论的勇气。

Sven Lindqvist
Utrota Varenda Jävel

Copyright © Sven Lindqvist 1992
Published by arrangement with Agece littéraire Astier-Pécher
All rights reserved

图字：09-2021-160 号

图片来源：
P214：©Welcome Collection；
其他所有图片：©Lina Löfström Baker, of the Swedish National Library

本书系上海文化发展基金会资助项目

图书在版编目（CIP）数据

消灭所有野蛮人 /（瑞典）斯文·林德奎斯特著；徐昕译. -- 上海：上海译文出版社，2024.8. -- ISBN 978-7-5327-9533-8

Ⅰ. Ⅰ532.65

中国国家版本馆 CIP 数据核字第 2024S88S19 号

消灭所有野蛮人	Sven Lindqvist	出版统筹 赵武平
	[瑞典]斯文·林德奎斯特 著	责任编辑 王 源
Utrota Varenda Jävel	徐昕 译	装帧设计 董茹嘉

上海译文出版社有限公司出版、发行
网址：www.yiwen.com.cn
201101　上海市闵行区号景路 159 弄 B 座
上海盛通时代印刷有限公司印刷

开本 890×1240　1/32　印张 9.5　插页 5　字数 92,000
2024 年 8 月第 1 版　2024 年 8 月第 1 次印刷

ISBN 978-7-5327-9533-8/Ⅰ·5968
定价：68.00 元

本书中文简体字专有出版权归本社独家所有，非经本社同意不得转载、摘编或复制
如有质量问题，请与承印厂质量科联系。T：021-37910000